De Limón y Tamarindo

De Limon y Tamarindo

Jesús Franco Rodríguez

Número de Control de la Biblioteca
del Congreso de EE. UU.:   2001012345
ISBN: Tapa Blanda   978-1-4633-6652-0
               Libro Electrónico   978-1-4633-6651-3

Este libro fue impreso en los Estados Unidos de América.

Fecha de revisión: 02/10/2013

Para realizar pedidos de este libro, contacte con:
Palibrio LLC
1663 Liberty Drive
Suite 200
Bloomington, IN 47403
Gratis desde EE. UU. al 877.407.5847
Gratis desde México al 01.800.288.2243
Gratis desde España al 900.866.949
Desde otro país al +1.812.671.9757
Fax: 01.812.355.1576
ventas@palibrio.com
494938

ÍNDICE

NOTA DEL AUTOR 9
DEDICATORIA 11

REMEMBRANZAS.. 13
YA NADA ES COMO ANTES......................... 18
DOS SEPELIOS.. 22
TRISTE ADIOS 25
LA RUBIA... 30
LOS PELIGROS DE LA RED 35
DE LIMON O TAMARINDO 41
HERMINIA 45
BENITO... 49
LA VIDA EN UN MINUTO 53
TAPANA DE MIS RECUERDOS 120
COSAS Y CASOS 128
CATALINO 143
UN CUENTO QUE FUE REALIDAD...................157
LAS PUTERIAS DE EVA......................................205
NO PASA NADA...213

ACERCA DEL AUTOR 261

A CIELO

NOTA DEL AUTOR

La vida es un sueño se lee y se dice en muchas partes, en todos los idiomas, para aquellos que escribimos, la vida es más que un sueño, es todo, es riesgo, es dulce y amargo, es dulce y acida que muchas veces te deja un sabor en la boca que haz de recordar para siempre, es como el Limón y el Tamarindo, subidas y bajadas. Esta serie de cuentos cortos es una recopilación de actos, de sueños, de vivencias en donde se mezcla el sentir de un pueblo como Tapanatepec Oaxaca, y el bello paisaje de sus mujeres, de su gente que vive en el presente; de Limón y Tamarindo es un cuento a la vida, es una reflexión, es un sentir, es un paisaje, en él se combina la magia de lo real con lo ficticio.

DEDICATORIA

Esta serie de cuentos cortos se la dedico a Cielo, a mi madre Lesvia López Manzo (mi abuela) quien me enseño a ser quien soy, a esa mujer que me enseño que aun en la adversidad vale la pena intentarlo, a mi madre quien siempre me decía "nadie es profeta en su tierra", a esa mujer que me impulso a seguir más allá de las fronteras geográficas, esto va por ti amá; a mi pueblo que me vio nacer y que me vio caminar por sus calles cargando en mis espaldas un relato; a Heriberta Fernández Liriano que me enseñaste a ser más humano, más sensible; a Reyna Duarte Barceló porque también con tu paciencia me inspiraste a escribir parte de este proyecto, y que fuiste mi crítica literaria; a mis amigos y a mi familia.

Jesús Franco Rodríguez

REMEMBRANZAS

LA FUERZA DEL AMOR

Cuando tenía 25 años, tuve la oportunidad de conocer a la que ahora es madre de mis hijos, fue un amor a primera vista, ella era muy atractiva, no puedo decir que era Hermosa o algo parecido a las modelos de hoy, no, no puedo decir que era un portento de mujer porque no lo era, a mi padre le daba rabia el verme con ella, porque decía que como era posible que yo anduviera con una persona como ella, recuerdo que el decía; " que estabas pensando cuando te enamoraste de ella" yo le respondí que ese era mi problema, que ese era mi gusto y que no se metiera en mis cosas, ya que yo respetaba las de él, a mi madre le daba risa, porque me decía que tenía las piernas chuecas, que era muy prieta (morena) y que no tenia gracia para hablar, que parecía que todo el tiempo andaba enojada, que pocas veces se reía, además me decía que si me casaba con ella mis hijos saldrían muy feos porque una mezcla así no daría resultado; a mi todos esos comentarios me daban risa, y los calificaba de soberbios, mi padre seguía insistiendo " hay muchas muchachas bonitas, eres joven, eres bien parecido, búscate una mujer guapa y que tenga dinero", yo me reía y les seguía diciendo que me dejaran en paz, y no hice caso, más bien me valió un sorbete lo que ellos decían, yo estaba enamorado y el amor me hacía ver las cosas diferentes. Un día que fui a ver a mi abuela y le platique lo que me pasaba, ella se sentó en su hamaca, me dijo siéntate, te voy a decir algo; se quedo pensando y me dice: " busca a tu mujer, a la que vaya a ser tu compañera no por bonita, porque la belleza se acaba, se va, es pasajera, busca el amor, busca el corazón, busca que te ame, que te respete y que se respete a sí misma; ¿Qué importa si es bizca, si esta coja, si esta manca, si tiene pecas, si esta gorda, si esta fea, que importa eso mi hijo?, a mi como tu madre me importa más que te amen sinceramente, busca el amor, no otra cosa, entiéndase y sean felices, ¿Qué importa lo que los demás digan?, haz lo que te dicte el corazón, pero hazlo bien y si te equivocas no te preocupes que esa equivocación te hará más selectivo en tus cosas". La mire de frente, le di un beso y me salí a la calle, a caminar. Mi abuela me acababa de dar una lección de vida, tenía razón, "busca que te amé, la belleza se acaba". Regrese a donde estaba ella y sin más razón que el deseo de ser felices le dije lo que sentía por ella, y lo que pretendía hacer con ella, teníamos un propósito una razón para vivir, para ser felices, y así lo hicimos, nos juntamos y vivimos en un cuarto pequeño, no teníamos cama, dormíamos en el suelo, al principio fue difícil, más nos acoplamos y en menos de tres meses ya teníamos lo que una pareja necesita para vivir, vivíamos en una casa pequeña, si, pero éramos muy felices, al poco tiempo se embarazo de mi hija, y a los dos años nació mi hijo. Cada vez que nacían mis hijos yo me encargaba de cuidarla con remedios caseros que mi madre me decía que le preparara para su baño (agua con árnica y con hojas de romero que para la inflamación de su vientre, y a decir de mi madre eso le ayudaría a que no le quedara estomago o flacidez). Al paso del tiempo en una de esas noches de diciembre, que es cuando aprieta el frio, al calor de una fogata, con una taza de café en mis manos y ella con una taza de tea, comenzamos a recordar nuestros inicios y esto fue lo que encontramos:

- Tengo los pies chuecos: y que me importa eso, si no te quiero para competencias de carreras o para miss universo, simplemente te quiero para que vivas conmigo.

- Soy morena: y eso que importa, si el color de la piel no hace ni define a las parejas

- No tengo gracia para hablar: y eso que importa, si no estás para concurso de oratoria o para político, no me importa que no tengas gracia para hablar, si lo que importa es lo que me dices con el corazón

- Soy flaco: y eso que importa si no quiero a un fisicoculturista que todo mundo lo voltee a ver por su físico

- No le caigo bien a tus papas: y eso que importa si con quien voy a vivir es contigo, no con ellos, a la que voy a amar es a ti, no a tus padres

- No tengo dinero: y quién te ha dicho que la felicidad se encuentra con el dinero, quien te ha dicho que el amor se compra con dinero, podrás comprar una mujer para placer, pero nunca para el amor, el amor no se compra, la dignidad tampoco, así que lo que necesitamos es que nos amemos ya que el dinero distrae la felicidad

En fin esa noche hablamos de nuestros defectos y también de nuestras virtudes y esa noche entendí lo que mi madre me había dicho, después se preocupaba por otras cosas tales como:

- Tengo estrías: y eso que importa, si tus estrías me dicen y me hablan de la maravilla que toda mujer puede sentir al tener un bebe en su vientre, tus estrías son la prueba de que eres madre, que eres dadora de luz de vida, y esa es la mejor prueba de amor.

- Tengo manchas en la cara: a mí no me molestan tus manchas en la cara, las entiendo porque sé que cada vez que diste vida a mis hijos, tu cuerpo pasaba por un proceso hormonal que se que te desbalanceaba, y entiendo esas manchas y así te amo y así te quiero

- Tengo los senos caídos: mujer, eso me dice que tus senos fueron los que amamantaron a mis hijos, que a través de ellos tus los protegiste para que sus cuerpecitos pudieran defenderse de las enfermedades y que a través de tu leche ellos pudieron crecer sanos y fuertes

- Las caderas se me hicieron más grandes: así déjalas, así me gustan, eso es prueba que eres madre, que eres mujer, y te ves hermosa

Ahora me doy cuenta que cuando estas enamorado no importan los defectos de tu pareja, lo importante de esto fue que los dos nos teníamos, y aprendimos a amarnos con nuestros defectos, y aceptarlos también, estoy orgulloso de ella, y agradecido con la vida por los hijos que me dio. Entiendo que eso se logra con la fuerza del amor, solo el amor elimina barreras, solo el amor no ve la paja en el ojo ajeno, solo el amor ve lo que los demás no ven, solo el amor acepta los errores y los defectos de la persona, eso es amor y esta fue una historia verdadera, ahora estamos separados, ella por su lado, yo por el mío, mas el hecho de recordar esas anécdotas me dice que la fuerza del amor puede cambiar todo el mundo, el entorno de una pareja.

YA NADA ES COMO ANTES

Estábamos sentados en la baqueta de mi casa, era una tarde fresca, la gente al pasar por la casa te saludan "buenas tardes" y tú con ánimo contestas el saludo, mi madre me dice "ahí viene tu tío Cándido" viene ya del rancho; veo que se acerca con su caballo y trae al lado de la montura maíz para el animal, recién cortado a decir de él, se bajo del caballo y se sentó a conversar con nosotros, y comenzamos con los recuerdos; te acuerdas hermana del rio tan bonito que teníamos, de paso hondo, de la peñita, de los guayabos, del embarcadero; cierro mis ojos y recuerdo lo que mi tío nos dice, si bien que me acuerdo, recuerdo un rio frondoso, profundo, con agua clara, con peces por cualquier parte, arboles a la orilla del rio, árboles de mango, de tamarindo, de guayaba, de ciruelo, de Guanacaste, me acuerdo del lugar donde se sacaba la tierra yucuela (que era perfecta para las plantas y flores) me acuerdo de las cotorritas y pericos en las copas de los arboles cantando y con su ruidero en parvadas, me acuerdo que también en alguna sección del rio decían que se podía pescar el camarón, recuerdo que también se daba el pápalo, y la gente del pueblo no lo comía porque decían que era hoja de bruja por su mal olor, mas la gente de la capital lo comía como algo nutritivo y valioso; recuerdo también los arboles de capul, en algunas partes del rio se podía encontrar la Jamaica que sirve para hacer agua con ella, reptiles de diferentes especies, algunos parecidos a la era de los dinosaurios, si de todo me acuerdo. "Pero llego la modernidad" y con ello el cambio, había que evolucionar, y se mando a construir un puente que destruyo gran parte de la flora y la fauna que antes ahí existía, al paso del tiempo todo desapareció, llego a su fin, el rio se volvió un rio viejo, sin agua, y todo quedo desolado, el puente ahí está, pero por el rio ya no corre agua, está seco, la falta de agua se llevo todo, mas bien, fue un huracán que termino con el rio y de paso con casi la mitad del pueblo, ya no se oyen los pájaros o las cotorritas, ya no veo arboles de mango o de tamarindo, las guayabas se secaron, los ciruelos se secaron todo quedo seco, como el rio, sin agua no hay vida, ¿para qué se quiere un puente si no hay rio que cruzar? Eso es lo que la gente del pueblo se pregunta, y la respuesta es simple a decir de mi tío "la modernidad". ¿Te acuerdas hermana que antes toda la gente andaba a caballo o en sus carretas? "Si claro que me acuerdo" responde mi madre y yo vuelvo a cerrar los ojos y me acuerdo de las dos calles principales, la calle Benito Juárez y la calle Martin Meléndez, que es donde vivimos, antes no había calle pavimentada, era de tierra y de piedra, era muy bonito muy pintoresco y si es cierto, recuerdo que las carretas pasaban enfrente de la casa, gente a caballo y uno que otro en bicicleta, los carros eran contados, poca gente tenía carro, pero igual había que cambiarle la cara al pueblo y por decreto presidencial, se mando a pavimentar las dos calles principales, quedaba prohibido el paso a los caballos y a las carretas ya a decir del presidente de ese entonces decía que las carretas dañaban el pavimento y que Tápana necesitaba crecer, verse como ciudad, y mi tío seguía diciendo "la modernidad hermana". Te acuerdas del parque central como estaba antes, era muy bonito, un kiosco pequeño de ladrillos, y todo el piso era de ladrillos, cierro los ojos de nuevo y me viene eso a la mente, el piso de ladrillos rojos que cada vez que llovía el parque se olía a tierra mojada, era un espectáculo ver caer las gotas de agua, se hacían algunos hoyos en los ladrillos y cuando pasaba la lluvia era bonito ir a jugar al parque, pero ya nada de eso queda, el pueblo tenía que modernizarse y de nuevo otro presidente municipal mando a cambiar todo, "la modernidad" a decir de mi tío, el seguía hablando pero mi mente traía los recuerdos al presente, y comenzó a recordar más cosas bonitas de mi pueblo, ya no queda nada el cine Luisito, donde asistía yo a ver las películas que llegaban dos o tres años atrasadas al pueblo, para ir al cine tenias que llevar tu ladrillo o tu banco porque no habías asientos, nada que ver como los cines modernos, si el sonido no se escuchaba, la gente comenzaba y a silbar y a veces no faltaba uno que otro mal intencionado y le tiraban piedras a la bocinas, muchas veces la función se suspendía por el comportamiento de la gente, pero ya de ese cine no queda ni rastro. Habían muchas casas construidas de adobe, ahora la mayoría está hecha de tabiques o de cemento, de las casas de antes ya no queda nada; era una alegría despertarse con la música que ponía en su aparato de sonido el vecino de al lado, dándole los buenos días al pueblo, pero paso lo mismo, se murió él y con él, el sonido que nos despertaba todos los días, mi pueblo era un pueblo pintoresco, lleno de color, de alegría, de goce, de buenas costumbres, solo que entiendo que las coas cambian y ya de todo aquello, ya nada queda, los viejos se murieron, los jóvenes ya no hacen caso a lo viejo, todo desapareció y con ello lo hermoso de un pueblo, solo me queda el recuerdo, solo me queda decir que me gustaban más las cosas de antes, el pueblo de antes, las casas de antes, las costumbres de antes, los olores, sabores, y todo como era antes, ya nada es igual ni será igual.

DOS SEPELIOS

Estoy sentado en una de las bancas del parque, escucho música fúnebre, me parece que alguien se murió, me levanto y camino por la otra calle, y escucho igual otra banda de música, parece que es otro muerto, me hago a un lado para que la comitiva que acompaña al sepelio y a los dolientes puedan seguir su camino hacia la iglesia. Es curioso, peo nunca había visto algo así, al menos no el pueblo, escucho a uno de los vecinos decir que el cura de la iglesia les dijo a los dolientes que tenía que ser así, ya que más tarde el iría a una boda, a unir en matrimonio a una pareja a otro pueblo cercano, "pero si valla como jode el destino" me dije a mi mismo en este momento habrá misa de cuerpo presente para 2 personas, no se quienes son pero de seguro indagare, y al rato habrá boda, valla, eso sí que me llama la atención, mientras en una casa lloran la pérdida de un ser querido, en la otra se celebra la unión en nombre del amor, "que huevos del destino" me vuelvo a decir. Mi casa no está muy lejos del parque, así que no me tomo demasiado tiempo llegar a ella, la casa está cerrada, hay una nota en la puerta de mi abuela, "hijo, fui al entierro, regreso más tarde" me senté en la banqueta de mi casa, quería hablar con alguien, en eso sale mi vecino, lo saludo de manera Cortez, y me dice que si no fui al entierro, le dije que no sabía que habría entierro, y que tampoco sabía quiénes eran los muertos, el me dice, "son dos jóvenes, una mujer y un hombre" pensé que tal vez serian novios y tuvieron un accidente, o que igual tuvieron un accidente y eran familiares o amigos cercanos, pero no, eran dos historias diferentes, dos vidas en paralelo que se encontraron en el atrio de una iglesia y que unió a dos familias en el dolor de la pérdida de sus respectivos hijos. Ella a decir de él era una muchacha hermosa, bonita, llena de vida, soltera, no tuvo problemas con nadie, ni siquiera novio tenia, fue una estudiante modelo, se acababa de recibir no menos de un año, tenía un futuro brillante, no había nada malo en ella, solo que el cáncer le gano la batalla; había muerto de cáncer en el páncreas, una enfermedad mortal que no tiene cura, según me dice mi vecino se lo detectaron hacia poco mas de 4 meses; es triste ver una vida así llegar al final del camino, el otro muerto también era un joven solo que a este le gano la vanidad, no lo conocí muy bien ya que él era 12 años menor que yo, era de otra generación, y me dicen que era un muchacho como cualquier otro, que nació varón, pero que al paso del tiempo empezó a mostrar interés por otras cosas no propias de hombres, según me dicen que empezaba a disfrazarse de mujer y que después termino por aceptar que era homosexual, que era gay, mas su vanidad no paró ahí, se fue a la ciudad de México y ahí comenzó trabajar y a prostituirse para conseguir más dinero, quería un cambio total, al paso del tiempo regreso ya transformado, ya no era él era ella, tenia senos como cualquier mujer, el cuerpo como de cualquier mujer, el cabello, todos su modales eran de mujer, su apariencia era de mujer, solo que le faltaban dos cosas, el cambio de voz y el cambio de sexo, dicen que se volvió a ir, que según cuentan se vino para el norte a hacer dinero y que regreso de nuevo a la ciudad de México, que había contactado a un médico que le haría esos cambios que su cuerpo necesitaba, solo que esta vez la suerte no estuvo de su parte, la cirugía se complico y al final fue así como este joven perdió la vida, su vanidad fue su féretro. Es triste ver terminar dos vidas así, una porque el destino, la naturaleza lo quiso así, el otro porque en su carrera por ganarle al ego y retar a la belleza le llevo a ese final. Termino por entender que contra el destino no puedes jugar, que más vale aceptarse como uno es, y que si estás enfermo trates de curarte y de hacer lo mejor posible por ganarle la carrera a la muerte, además no todos los que sufren de algún tipo de cáncer pierden la batalla, muchos logran ganar tiempo y vida, otros se pierden en la egolatría, en el umbral despampanante de un cuerpo que no es ni fue el suyo. El amarse a uno mismo vale más que nada, el auto aceptarse es deber de cada uno de nosotros. Que lastima dice mi abuela, a uno la vanidad lo jodio y a la otra el cáncer se la cargo, una porque no sabía, el otro porque fue ignorante; en fin cosas de la vida

TRISTE ADIOS

Somos cuatro, no hay mucho que contar, somos cuatro, para mi ellos son desconocidos, a diferencia de una persona, que es la hija del muerto, él la mencionaba mucho y cada vez que hablaba de su hija conmigo se le llenaban sus ojos de lágrimas y de orgullo, él la quería mucho decía que era su único pariente cercano ya que sus padres habían muerto hacía más de cinco años, que un diluvio llego al pueblo y que los arrastro con todo y casa y que así habían encontrado el final de sus días sus papás, "estoy solo paisano, solo como un perro" me decía con un dejo de amargura, el trabajaba como portero de la fábrica donde yo trabajaba, siempre abría la puerta sonriente, siempre con una broma, alegre, en realidad llevaba poco tiempo de conocerlo, se que era de un lugar del estado de Hidalgo a decir de él, Rufino se llamaba, nunca le pregunte su apellido, pero nos hicimos buenos camaradas, le gustaba contarme de sus años de juventud, de cómo había conocido a su esposa, y de cómo había perdido a su hija. Se recibió de licenciado en derecho, era abogado de profesión, en sus años mozos, cuando joven sus padres lo habían enviado a la universidad, que terminó la carrera y que durante muchos años le fue muy bien, que vivía muy bien, que tuvo todos los lujos que cualquier hombre puede tener, que vio los mejores espectáculos, que comió y bebió los mejores vinos, que conoció a la que fue su esposa y se enamoro de ella y se caso con ella, que tuvieron un hogar muy feliz hasta que ella falleció, que un día amaneció muerta, a su lado y que él no se dio cuenta, que se sintió solo y desesperado y que cayó en una terrible depresión, que tuvo que dejar a su hija con sus compadres y que fueron ellos los que la educaron y le dieron el hogar que él no pudo darle. De repente su vida dio un giro de 360 grados, se metió a defender el caso de un narcotraficante, que busco todos los argumentos legales para poder sacar a su cliente de la cárcel, pero que los magistrados no aceptaron los argumentos que el había presentado, su carrera se vio manchada por ese triste episodio, pues los que velaban por la seguridad de su cliente pusieron precio a su cabeza, que una noche al salir de su casa lo emboscaron y le dispararon una docena de balas de las cuales dos se incrustaron en su pierna y otra le dio en una de las costillas, que tuvo hospitalizado y que los narcos lo dieron por muerto, que se salvo de milagro, a decir de él la virgen de Guadalupe lo había salvado, y por eso él era 100% Guadalupano y después de esa fecha no había 12 de diciembre que él no dejara de asistir a la Basílica de Guadalupe a dar gracias a la virgen por haberlo salvado de tan difícil situación, y que después de ese incidente el decidió cambiar su vida, que dejo de ejercer como abogado y que había encontrado trabajo en un edificio como portero, que había adquirido más experiencia y que en la fábrica donde laborábamos llevaba algo así como doce años trabajando para la empresa; él hablaba muy poco de su situación, de donde vivía y de cómo vivía, más bien se mantenía de los recuerdos, su cabello todo blanco y su cara arrugada daban cuenta de esos años de los cuales él me hablaba. Cuando me dijo que el tenía una hija me llamo la atención porque me decía que su hija tenia la misma profesión que él y que eso no lo dejaba dormir porque sabía de los riesgos de esa profesión y que además tenía una buena suma de dinero en una cuenta de ahorro para su hija, que eran todos su ahorros y que al menos su hija lo sabría el día de su muerte, y creo que así fue, porque las otras dos personas intuyo que son sus compadres; escuche que ella los llamo como sus papás, y si ahí estamos, parados frente al féretro, Rufino descansa en paz y yo realmente no sé si sea así, ya que él me decía que sentía un gran remordimiento por su pasado, que siempre se arrepentía de lo mal padre que había sido; pero eso no importaba, ella, su hija estaba ahí, no vi que derramara una lágrima por el muerto, quizás así es mejor, ya que ella siempre estuvo al margen de la vida de Rufino, solo yo y su compadre nos lamentamos de la partida de Rufino; "pinche compadre, ni para eso tuviste huevos cabrón, nunca hablaste, nunca dijiste que estabas enfermo, y ya ves, ya pa que, si ya te cargo la chingada" y acaso así fue, a Rufino se lo llevo la muerte que chinga parejo, y si ahí estamos los cuatro, estamos acompañando a el buen Rufino en su última parada, y si acaso el me escucha le digo que su vida fue triste al menos desde el momento que supe de su existencia, pocas alegrías para él, salvo la sonrisa que esbozaba a todos los que trabajamos ahí, pero también sé que su vida era vacía por lo que él me decía, "estoy jodido paisano, ya me siento cansado, y lo que es peor estoy solo, solo como un perro" no sabía en realidad que él estuviera enfermo, me entere hace apenas un par de días, ya tenía días que no le veía, pensé que tal vez se iría de vacaciones o algún lugar, pero no, había estado enfermo, postrado encama, y así falleció, me avisaron que el había dejado una nota donde mencionaba mi nombre y fue así como me aparecí que falleció solo, que lo encontraron muerto, tal vez su corazón no aguanto tanto dolor y angustia y quizás así estuvo bien, el destino y el tiempo lo metieron a ese féretro gris, es triste ver el final de una vida así, en donde se supone que aquellos que te quieren te deben de llorar, mas entiendo que no siempre es así que el sentimiento se da solamente cuando haz conocido a la persona y sabes de ella, Rufino vivió su vida como el considero debía vivirla, lo demás que importa, si su hija no llora por él, si los otros juzgan, eso ya no tiene importancia, cuando el cuerpo está muerto el alma no siente, la mente ya no oye no razona, todo está muerto, al menos a mi me quedara el recuerdo de un viejo que fue mi camarada, ya no escucharé mas ese "paisano" como él solía decirme, ya no escuchare su risa o los consejos que según él me decía "elije lo mejor, no te quedes esperando migajas, piensa en grande, vive en grande" así me decía cada vez que tenía algo que decir, se que Rufino ya no estará detrás de esa puerta, esperando por el último empleado. Y si, somos cuatro, siento un dolor y vacio en mi corazón porque un amigo se va, se me asoma una lágrima, el ataúd se desliza al frio del suelo, comienzan a aventar las palas de tierra que cubren el cuerpo inerte de mi amigo el portero, el abogado, el que le jugó al destino y aposto su vida, se va mi amigo; se van los tres solo quedo yo parado frente a tu tumba para decirte "adiós Rufino, adiós paisano, dentro de poco nos veremos si es que hay vida después de la muerte". Y tal vez sienta ese deseo inmenso de no sentirme solo, quizás en estos momentos me enfrento a la vida, en este momento me doy cuenta que la vida se pasa sin querer, que no hay mas ayeres, solo hoy que es el futuro del cual yo pensaba. Él no tuvo la oportunidad de ver crecer a su hija y quizás esa fue la amargura más grande que guardo hasta la muerte en su corazón, la vida te da penas, lo importante es aprender a vivir con ellas, soledad fue su única compañera y no quiero que me pase lo mismo, quizás es tiempo de empezar a caminar y buscar la otra mitad que me falta, no me vaya a pasar lo que a Rufino.

LA RUBIA

"Hooooraaa, vergas, hijos de su puta madre, llego
la rubia, llego la puta mas puta del pueblo, quien
quiera coger que venga y haga fila, jijos de su
chingada madre" son los gritos que alcanzo a
escuchar allá a lo lejos, le pregunto a mi hermano
"quien es la persona que grita?" y él me contesta
que es la Rubia, "así anda siempre, la vieras, a todo
mundo insulta, se parece a esas locas que, grita
puuuras pendejadas, esta borracha, y borracha
va morir", vuelvo a cerrar los ojos trato de dormir
de nuevo, mas vuelvo a escuchar los gritos de la
Rubia "hooooraaaaa Tapaneros caras de mi culo,
llego la Rubia, vergaaaaaaasss acá esta la Rubia"
los gritos se oyen más cerca, pareciera que están
en frente de la casa, al mismo tiempo escucho la
voz de Tolentino, otro borrachito del pueblo que
en sus buenos tiempos fue cartero, tenía un buen
trabajo pero su alcoholismo se lo atribuyeron a los

conjuros que su ex mujer le hizo, a decir de algunas gentes del pueblo, parece ser que él encontró a su esposa en su casa, en la cama, en los brazos de otro y tal fue su decepción que termino por tirarse al vicio como el mismo decía, "Tolentino del cielo vino a tomarse el vino, si no a que la verga vino" era su frase favorita de Tolentino,(la palabra "verga" se hizo parte del vocablo de las gentes del pueblo, se dice sin afán de ofender, es como decir otra palabra cualquiera) quien se calla, hace una pauta, escucho que se dicen el uno al otro que se esta terminando el "pegolin" (alcohol) "veeeeergaa, ya te acabaste el pegolin" dice Tolentino, la Rubia le contesta que no se preocupe "ahorita vamo a tirarle la puerta al Juchito (es una persona que tiene una tienda y vende alcohol) pa que nos venda mas" se hace una pausa, escucho que Tolentino canta un tema de Bienvenido Granda (a la orilla del mar) "luuuunaaa ruégale que vuelva y dile que la quiero, que solo la espero a la orilla del mar, luuuuna tu que la conoces y sabes de las noches que juntos pasamos en la orilla del mar...." Su voz se parece mucho a la del artista original, se oye a lo lejos el ladrar de los perros, no alcanzo a ver a qué hora es en el reloj, pero ya debe ser de madrugada, sigo escuchando la canción que la canta con gran sentimiento. "échale enjundia verga, que se oiga, a ver si nos dan propina por venirles a dar serenata a estos vergas Tapaneros codos hijos de su chingada madre" el cantante ni se inmuta, sigue con su canto, con su "enjundia" como le dice la Rubia, canta y canta y su voz es melosa, canta muy bien, para ser un borracho, no está desentonado, canta muy bien; ya me quedo despierto, ahora si puedo ver qué hora es, son las 4:27 de la madrugada, falta poco para que me levante a ayudarle a mi mamá con las cosas que ella vende en el mercado, me quedo pensando y trato de guardar un recuerdo de la Rubia, pero no, casi no tengo mucho de que acordarme de ella, solo de que alguna vez me ofreció sus servicios, pero de ahí en fuera, no me acuerdo de nada, se que en su juventud fue una mujer muy bella, muy hermosa, pero nada más; llego la hora de levantarse, me doy una ducha, mi mamá me espera para que le ayude, salimos rumbo al mercado y en el camino le pregunto qué sabe de la Rubia, y ella me contesta "la Rubia llego a Tápana hace muchos años, dicen que era la amante del que entonces era el gerente de la cervecería corona, pero que él la cambio por otra y ella decidió volverse como es, se volvió puta, ella era muy bonita, tenía unas facciones muy finas, su cabello siempre lo traía de color amarillo o rubio, de ahí el mote de la Rubia, no sé cómo se llama, solo sé que vino de otro lugar, y que le gusto la mala vida, y mira como termino, no quiso ser mujer buena, no quiso ser una mujer honrada, dicen que don Neto Martínez le ofreció trabajo decente, que trabajara en la tienda de la cual él era el dueño, pero que ella no quiso, que esa iba a ser su venganza"; me quedo callado y sigo caminando, en el trayecto veo botellas vacías de vino y de cervezas me imagino que son las que ellos venían tomando, ya casi está claro, de regreso a casa mi pensamiento vuela tratando de encontrar el punto exacto donde esa mujer perdió

los estribos de su vida, me pregunto a mi mismo
si los reveses que le dio la vida fueron suficiente
motivo para que ella se convirtiera en lo que es, me
pregunto si tiene familia, si su familia se preocupa
por ella, si saben donde esta, si su familia sabe en
las condiciones en la que ella vive, me pregunto
en qué va a terminar, al mismo tiempo admiro su
valor, porque volverse una de tantas no es cosa
fácil, ejercer el oficio más antiguo del mundo no
es cosa fácil, el acostarse con diferentes hombres
no ha de ser cosa fácil, porque, me pregunto una
y otra vez porque, porque el destino es mezquino,
porque no da otra oportunidad, porque ella se dejo
caer de esa manera, que pasara por la cabeza
de la Rubia, que le faltó a ella como mujer para
recomponer el camino, no lo sé, quizás nunca lo
sepa, tal vez se quede mi pregunta guardada en
el tintero, esperando una respuesta que me diga
del porque de este mundo cruel; mientras tanto
espero no volver a escuchar los gritos de la Rubia
en plena madrugada, bueno, quizás me despierten
de nuevo, mas será suerte volver a escuchar de
nuevo a Tolentino con su voz aguasentosa entonando
canciones de despecho y de dolor, mientras tanto es
hora de desayunar, mis hermanos ya se levantaron,
en un rato será la hora de ir a la escuela y
aprender algo divertido o algo que le dé sentido a
mi vida, me hubiera gustado que la Rubia hubiera
tenido la misma suerte que yo y que muchos otros
tantos, pero no, ella ya decidió su vida, se la dio
a los hombres y estos seguro que la aprovecharon,
aunque muy en el fondo y siendo lo que es, merece
mis respetos, aunque se haya equivocado, aunque

sea una puta como ella dice, aunque no sea una
mujer decente, es un ser humano como cualquier otro
que tuvo el derecho a equivocarse y que no tuvo
la capacidad de levantarse, causas habrá tenido
muchas pero esas ya no importan, la vida ya se las
cobro, y de una manera cruel, en tanto lo poco que
le queda de vida se lo gastara en parrandas y en
alcohol, solo deseo y espero que no le pase nada,
ya que de alguna manera es parte del paisaje, de
este pueblo que la recibió con sus brazos abiertos
y hoy la ve morirse poco a poco, sin una esperanza
que le de consuelo y que le devuelva las ganas de
vivir en las noches de bohemia. Es hora de irse a
la escuela, de aprender cosas nuevas, es hora de
inventarnos un futuro no vaya a ser que terminemos
siendo unos don nadie, y eso es lo que mi madre no
quiere para nosotros.

LOS PELIGROS DE LA RED

DONDE HAY CONFIANZA, HAY AMOR

DONDE HAY AMOR, EXISTE EL RESPETO

DONDE HAY RESPETO, NO FALTA NADA

Y SI NO FALTA NADA, NADA TENGO QUE BUSCAR AFUERA.

"Deseo poco y lo poco que deseo lo deseo muy poco" esa era una de las frases favoritas de Jaime, en realidad era una frase de San Francisco de Asís, esa frase le decía mucho, quizás era un precepto al concepto de la felicidad, él era un hombre feliz, no le faltaba nada, todo lo tenía en casa, llevaba ocho años de casado con Claudia, a la cual conoció en la universidad, Jaime estudiaba Sociología y Claudia estaba en la facultad de derecho, fue un amor a primera vista, cuando se vieron por primera vez sabían que los dos estaban destinados el uno al otro, y así fue, ocho años de casados decían mucho, al término de sus carreras cada quien busco el trabajo ideal, él encontró trabajo en una escuela secundaria y daba clases en las mañanas y en las tardes trabajaba como consultor en una empresa de mercadotecnia, y ella trabaja en una delegación como abogada, como defensora pública, vivían muy bien, no había problemas económicos en casa el salario de los dos daba para tener una vivienda digna, a los dos les gustaba viajar mucho, casi no se separaban más que para ir a su trabajo; después del trabajo era una danza de alegría lo que se vivía en casa, ella llegaba antes que él a casa, a los pocos minutos los dos preparaban la cena y siempre cenaban juntos, ya fuera en casa o fuera de ella siempre los dos juntos, inseparables, se veían tan enamorados, nada faltaba, en realidad nada faltaba, todo lo tenían el uno del otro, la frase de San Francisco quedaba a la perfección en esa casa, había amor, había respeto, había confianza, que mas podía faltar, en realidad no faltaba nada. Mas a veces pareciera que el destino no siempre va de la mano de quien quiere que las cosas vallan a la perfección, siempre existe algo que enturbia la vida de aquellos que tanto se aman; y sucedió una noche en la cual Claudia se esmero como siempre para hacer la cena, lo quería sorprender, le había preparado su comida favorita, milanesas empanizadas y espagueti, preparo la mesa, puso unas flores, había pasado por una tienda unas horas antes a comprar vino rojo que a él le gustaba tanto, pareciera que todo era en base a lo que a Jaime le gustaba, detrás de todo eso había una razón, Claudia pretendía sorprenderlo con una cena romántica, en realidad esa noche era otro aniversario del día en que se conocieron en la facultad "seguramente se le ha olvidado" pensó dentro de sí, se sentó a esperar en la sala, la cena estaba lista, ella se veía radiante, un día mas para celebrar la dicha que el destino le daba, mas las horas transcurrieron, los minutos se hacían eternos, le bajo el volumen a la música que estaba escuchando, eran canciones de Napoleón, esa música le recordaba los días en que se habían conocido, apago las luces y solo dejo encendida una lámpara, sentada en el sillón, veía como los minutos pasaban, algo estaba mal, nunca antes había pasado algo así, esto ya le estaba preocupando, habían pasado ya tres horas, y eso no era normal, por supuesto que se puso inquieta, "le habrá pasado algo, hay Dios que no le haya pasado nada, siempre llega a tiempo, porque no llegara" acto seguido tomo el teléfono y le marco a su celular, cosa que nunca hacia, pues siempre había existido la confianza y Claudia sabia que Jaime estaba en el trabajo, y como siempre, si pasaba algo él le avisaba, pero esta vez fue la excepción, no hubo llamada, no había señales de él, el teléfono sonaba, pero no contestaba, colgó y llamo a casa de su suegra, "no Claudia, aquí no ha venido no ha venido desde hace más de un mes, le he llamado y tampoco me contesta, dile que me tiene abandonada y que lo quiero mucho" fueron las palabras de su suegra; los colores se le subieron al rostro, "¿Qué diablos está pasando?, veo que me ha estado mintiendo, siempre se va a casa de su mamá a decir de él todos los viernes por la noche y regresa tarde, pero veo que algo no está bien y eso lo voy a investigar". Se preparo para irse a la cama, su cabeza ya estaba dando vueltas, más rápido que una turbina de avión, algo no estaba bien, eso estaba muy claro; se quedo dormida colgando sus pensamientos en un profundo sueño, seria ya casi de madrugada cuando el sueño la venció. El ruido de los pájaros mezclada con el ruido del tráfico la despertó, y al abrir los ojos ahí estaba Jaime junto a ella, se paró de la cama sin hacer ruido, se dio una ducha, se preparo un café, vio con tristeza toda la comida que se había quedado, en la mesa aun estaban los pétalos de rosas blancas y rojas que ella había puesto como decoración, "todo para que " pensó, se sentó en el sillón y a sorbos fue bebiéndose su taza de café, los pensamientos se iban y venían, los recuerdos estaban frescos en su mente, "¿Qué chingaos está pasando?", el ruido de la regadera del baño la hizo volver a su realidad, Jaime se estaba duchando, ella aprovecho para arreglarse, se maquillo como de costumbre y se sentó en la mesa del comedor a esperar por él; la cita con el destino esperaba en la mesa de un comedor. Jaime salió también arreglado, oliendo a perfume, el se acerco a ella y trato de darle un beso, ella se aparto y de un golpe fuerte puso la taza de café en la mesa, "al toro por los cuernos" le dijo en un tono irónico, "cuanto más pronto mejor, ¿Qué está pasando?, solo te pido y exijo la verdad" el se sentó, abrió la botella de vino que Claudia había comprado la noche anterior y se sirvió una copa de vino, la miró de frente, se paso la mano por los cabellos, hizo una pausa y le dijo, "siempre hemos hablado con la verdad, y tienes derecho a saberla, durante todos estos años he sido un hombre dedicado a ti, a la casa, al trabajo, pero algo fallo entre nosotros, no me preguntes que es ó que fue, simplemente conocí a una mujer en el internet, me enamore, y anoche ella fue la causa de mi ausencia, no tengo que decir mentiras, siento que ya se acabo esto, me marcho hoy mismo y perdóname por todo el daño que te causa esta verdad" se paró de la mesa y se dio la vuelta, dejando a Claudia totalmente perpleja; habían más preguntas que respuesta, pero no dijo nada, no se hablo mas del tema, sintió que su mundo se derrumbaba, a los pocos minutos el dejaba la casa, salía con una maleta pequeña en la mano y también dejaba toda una vida detrás; al abrir la puerta volteo a verla "perdóname, pero paso, manda los papeles del divorcio a casa de mi mamá, te los firmare de inmediato, quédate con todo, no peleare nada" ella lo volteo a mirar, no con odio, quizás con compasión y le pregunto "¿dices que la conociste en el internet, cual fue el medio, por donde, como, fue uno de esos lugares populares como facebook o twitter o como se llame, explícame, tengo derecho, dime?" se hizo un silencio, "no, no diré nada, solo sé que fue la net", cerró la puerta y se marchó. Claudia se dejo caer en el sillón y su mente volvió a dar vueltas, como la rueda de la fortuna, como un carrusel, ahí se quedaban sus sueños y todos esos años felices, la red lo había atrapado, la red lo enredo, lo confundió, no quedaba nada, solo un recuerdo que con el tiempo se iría a las playas del olvido; con una mueca, recordó la frase "Deseo poco y lo poco que deseo lo deseo muy poco" pareciera que, la frase se iba al bote de la basura; hay San Francisco, si estuvieras vivo que dirías, se levanto del sofá, se enjugo sus lagrimas y se dijo "basta, la vida espera por mi afuera".

DE LIMON O TAMARINDO

A los lejos se escucha la corneta de Quintin, alguna gente lo conoce como el "baisto" ya que el viene de una región que se conoce como los chimalapas, y en esa comunidad se habla otro dialecto distinto al zapoteco, también a esa gente se le conoce como "chimas" porque tienen una manera de pensar muy cerrada, sin embargo a Quintín también se le conoce como el "compache" que es otra forma de decir compadre, Quintín trae una carrito de madera y vende sus raspados y paletas, solo que él se distingue de los demás, porque el solo vende de dos sabores, de limón y tamarindo, llega antes de que suene la campana de salida de la escuela, serán algo así como a la una de la tarde y ahí está el "compache" con María, su esposa, y con ella un niño de unos cuantos meses al cual lo trae envuelto en su rebozo, no se le vaya a resfriar, a decir de María, "hay María, que no te das cuenta que hace mucho calor y ese niño se te va a deshidratar, deja que le pegue el aire María" le dice la gente que la ve y solo se limita a escuchar y torcer la cara y hacer su gesto, habla, pero quien sabe que dirá, ya que lo dice en su dialecto y el "compache" se ríe. Grita y grita, "raspados de limón y tamarindo, lleve su delicioso raspado de limón y tamarindo" y así se le va la hora en que debe de vender sus raspados, después de la escuela se dedica a caminar las calles, a andar por los barrios tratando de vender sus raspados, y como siempre María detrás de él. Ellos son nuevos en el pueblo, llegaron apenas el año pasado con la fiesta del pueblo que se celebre en junio y ya no se fueron, rentaron una casita a las afueras del pueblo y en su casa no tiene luz, se alumbran con velas, tiene un radio de pilas que siempre trae consigo "pa escuchar las noticias pue" como él dice, cocinan con carbón y lo curioso del caso es que el "compache" no sabe leer, María tampoco, a decir de él aprendió a contar los billetes y las monedas y a pedir las cosas, pero que no sabe leer ni escribir, dice que se va a meter a la escuela nocturna, "a ver si me entra la letra compache, porque ya pa aprender de viejo esta difícil, hay que trabajar pa mandarle dinero al muchacho que está estudiando en la nuversidad" siempre decía "nuversidad" en lugar de universidad, eso era algo que la gente del pueblo admiraba de Quintin, que un hombre con pocos recursos tuviera esa visión, de educar a su hijo de la manera que él nunca tuvo, a decir de él sus padres eran muy "probes" y por eso no lo mandaron a la escuela más próxima que le quedaba como a 3 kilómetros a pie de donde él vivía, los años de lucha y la pobreza le hicieron moverse y cambiar su manera de pensar. Dice él que estuvo viviendo muchos años en Cintalapa Chiapas y que ahí estudio su hijo, que se graduó de la preparatoria y que apenas había entrado a la escuela de medicina. Alguna vez le pregunte "¿porque no cambias el sabor de los raspados?" a lo que él me respondió "compache, el limón no lo compro, ya que hay unos árboles de limón en el patio de la casa y el tamarindo me lo regala don Chava, solo compro la azúcar y el hielo, si no, no saldría más dinero, además el sabor es natural, no es artificial, como la ve compache", "no, pues viéndola desde ese punto de vista así está bien", pareciera que al "compache " la cosa del negocio no le es del todo nueva, el ha encontrado la forma de vivir de esa manera y lo más sorprendente es que pronto habrá doctor en casa, María como siempre sigue detrás de él a donde quiera que él valla, no hay día que no venda sus raspado, el negocio abre de lunes a domingo, no hay día ni tiempo para descansar a no ser que sea tiempo de lluvia, en esos días para " el companche" es día que no se trabaja, aunque al correr de los días se le ocurrió vender atole caliente, de granillo (derivado de los granos de maíz) y así anda por las calles del pueblo, vendiendo sus raspados si hace calor y su atole si es día de lluvia. Los días y los meses transcurrieron y en Quintín seguía la idea de prosperar, el tiene visión para el negocio, es un hombre que no se deja amedrentar por las circunstancias de la vida, simplemente vive a como él considera debe de vivir. Los años pasaron volando, "el compache" se volvió parte del paisaje coloquial, el tiempo se le cumplió, su hijo se recibió de doctor general y a decir de él trabaja en la zona norte de México, el negocio del "compache" prospero, abrió una paleteria donde vende helados, raspados y paletas, tiene una gran variedad de sabores, atrás quedaron los días en que él andaba empujando un carro de madera, sin embargo es un ejemplo de libertad, de perseverancia, de visión y de deseos de hacer las cosas, la escuela de la vida le enseño lo que no se aprende en una aula, a "el compache" solo le dio por soñar, y su sueño lo convirtió en realidad, y su realidad fue simple, darle una carrera a su hijo, abrir su negocio y decirle a todo el mundo si se puede, si se pudo, todo es cuestión de querer llegar a la meta, de no dejarse caer, de luchar, de subir montañas, de brincar barreras, es cuestión de carácter, él lo hizo sin saber leer ni escribir, hizo solo lo que su corazón le dictaba, lo que su pensamiento le decía, fue muy simple, pero también muy duro los sueños se convierten en realidad cuando todo lo tienes a tu alcance es decir... "de limón y tamarindo".

HERMINIA

Las cosas no han andado del todo bien, la sandia
y el melón no se dieron para muchos campesinos, a
decir de la gente del pueblo, es Dios el que está
castigando, es el "puente que están haciendo, no
se pa que" dijo tia Canuta Salinas, "todo lo están
jodiendo con esas explosiones, arajo con esos,
ya ni joden" dice Adelina de los Santos, otros
creen que son otras religiones ya que últimamente
han aparecido otras sectas distintas a la religión
católica, bueno, eso es lo que la gente pregona, sin
embargo hay gente que sabe cuál es el problema,
y resulta que muchas de esas tierras ya ha sido
sobre explotadas, los cultivos varían, se siembra
una cosa en una temporada e inmediatamente
después se empieza a preparar la tierra para
sembrar de nuevo, algunos agricultores dicen que
esa es la razón, no se deja descansar a la tierra
y no se le ponen nutrientes para que las cosechas

sean productivas, en ese orden de ideas el razonamiento es mejor, no es cosa de Dios, es cosa del hombre, los campos donde se cultivaba maíz han ido desapareciendo, y se han incorporado otros, porque según dejan más dinero, son más redituables, pero no, últimamente ni eso ha estado bien, se están empobreciendo mas los ejidatarios, no hay cosechas buenas, para algunos apenas si salió para pagarles a los trabajadores que ya también empiezan a escasear, debido a que muchos de ellos deciden emigrar a la capital u otro lugar donde les permita vivir más decorosamente ya que el pueblo cada vez está más pobre, no hay trabajo y el costo de vida sube cada vez como los cohetes en fiestas decembrinas, el único sustento para muchos de ellos es el limón, el tamarindo y el mango, que también solo se da por temporadas, y esa es la única esperanza para aquellos que nos les fue bien con otras cosechas, mucha gente espera a los meses de abril, mayo y junio que es cuando esta mas en su apogeo el mango. Mas pareciera que las sombras del mal arremeten contra el pueblo, comenzó a llover desde hace ya cuatro días y no ha parado de llover, "parece que es una tormenta, o ciclón o quién sabe si no Dios que sea" dice Juan Tapia, todos se quedan viendo con cara de desespero, pues se ha convocado a una junta ejidataria para discutir los problemas del agro, mucha gente, más bien la mayoría depende de la agricultura y las cosas no han estado bien, y no estarán, ya que a decir de Juan, quien es el presidente ejidal, ha mandado a pedir ayuda a la Secretaria de Agricultura y Recursos Hidráulicos, mas la ayuda ha sido negada por falta de recursos según consta en un documento firmado por el secretario estatal de dicha dependencia, el desespero es palpable en las caras de los campesinos, pareciera que el lema de Emiliano Zapata de "Tierra y Libertad" no encaja con la situación por la que pasan las gentes del pueblo, la junta solo dejo tristeza en los campesinos, pues muchos no podrán sembrar el siguiente ciclo, no hay esperanza, para sembrar y levantar cosechas, muchas familias que dependen del campo quedaran sin nada que comer o deberán de buscar la manera de salir adelante haciendo otra cosa que no sea sembrar; y así es, el agua sigue, no ha parado de llover, y para colmo unos vientos fuertes han empezado a tirar la flor y los frutos de la mayoría de los árboles, no hay mucho que hacer, más que esperar a que pase la tormenta; truenos y relámpagos hicieron presa del pueblo, el rio comenzó a crecer y con la furia de un animal que se presta para el combate, el rio arraso con casi medio pueblo, desaparecieron calles, y gentes, se perdieron muchas cosas, el pueblo quedo incomunicado; las carreteras que comunicaban con los demás pueblos vecinos se desplomaron ante la fuerza de "Herminia" así le pusieron por nombre al huracán los meteorólogos, y así quedo registrado en la mente de los habitantes del pueblo, un nombre de mujer arraso con las ilusiones y la paz de muchos, todo se perdió, si antes habían pobres, ahora habían mas, la miseria se podía ver por las calles del pueblo, casas destruidas, patrimonios perdidos, y la añoranza para algunos que dependían de los frutos del árbol no la pasaran muy bien, al menos por este año, ya que queda esperar a ver si el gobierno estatal o federal les brinda la ayuda que muchos de ellos necesitan," y es que si antes estábamos pobres, ahora estamos más tristes y jodidos" dice el secretario municipal, "a ver que se puede pepenar" dice otro vecino y Ariosto Santos dice "Herminia nos quito lo poco que teníamos pero aún quedan esperanzas de que se acuerden de nosotros los partidos políticos, ya que dentro de uno meses habrá elecciones y como siempre pasa es ahí donde ellos trataran de ganar más votos con su demagogia y aprovechándose de la situación de nosotros los jodidos" "yo ya no creo en ellos" dice Juan Tapia, "todos ellos son una bola de ojetes y aprovechados que solo nos buscan cuando necesitan de nuestro voto". Se escuchan a los lejos las campanas del pueblo, el sacristán hace un llamado al pueblo para que asistan a la misa que se hará en honor de las victimas de "Herminia", a ver si el sermón del señor "cura" apacigua el desconsuelo de aquellos que lo han perdido todo y trae la ayuda del cielo que aquí en la tierra les han negado.

BENITO

"Es tiempo de salir de casa" se dijo así mismo Benito, "es tiempo de surcar los cielos, ya mis padres han hecho mucho por mí, ahora me toca salir, aventurarme, conocer otro espacio, volar lejos de casa, comenzar mi propia vida, enfrentarme al destino como lo hace cualquier otro en esta vida" era la primera vez que pensaba de esa manera, sus padres ya habían hecho mucho por él, desde que Benito nació sus padres no se habían despegado de el ni un momento, todo el tiempo ellos estuvieron al pendiente de la seguridad y el bienestar de su único hijo, de su primogénito, y sucedía que ya el presentía que era tiempo de volar, sus padres volverían a sus tareas cotidianas y era preciso abandonar el nido. Y sucedió una tarde de un otoño no gris, pero si lleno de un color naranja y café, de ese color que dejan las hojas cuando caen, los días aun se hacían largos, aun había luz y Benito con congoja y deseos de hacer su vida, se despidió de sus padres, su mama era la más emocionada, no quería que su hijo partiera, mas como algo real y verdadero Benito tenía que seguir con su camino y asi, sin más preámbulos alzo el vuelo y siguió con rumbo al sur, en si lo que buscaba era un lugar donde el frio del invierno no le pegara tanto y tal como lo pensó, al paso de los días encontró un paraíso frente a él, se encontraba en el área de la bahía, cerca de San Francisco California, un lugar bastante cálido para vivir, muy bonito, ya que es un lugar estratégicamente muy bien ubicado, ya que todo se tiene cerca, se puede encontrar desierto, zona de nieve, ríos, todo, "este es un lugar perfecto para mi" se dijo así mismo Benito. Con el paso de los días se fue familiarizando mas con la zona, era un lugar perfecto para vivir, no había nada más que pedir, había llegado al lugar perfecto. El cambio no se sintió tanto desde el día en que había dejado su casa ya sabia y conocía casi todo los lugares, volaba y surcaba los cielos de norte a sur, de este a oeste y cada vez que él hacia eso se sentía en libertad, pleno, contento, ya había encontrado su hogar; pero faltaba algo, le faltaba algo que sería el complemento a su vida, le faltaba su compañera con la cual pudiera platicar de sus cosas, con la cual se pudiera apoyar recordaba mucho a sus padres, ellos habían llevado una vida plena, y ellos eran su ejemplo a seguir, sería sin duda un buen compañero. Y comenzó la búsqueda, habían muchas candidatas pero no había una que llenara las expectativas, la mayoría solo buscaba pasarla bien, pasar el momento sin hacer ningún compromiso, mas Benito no se desanimo, en su mente estaba la idea de hacer y formar un hogar, y sucedió, de repente el flechazo fue total, la encontró descansando en un árbol de sequoia estaba en lo más alto contemplando el paisaje, si, ahí estaba ella, Emilia, la que sería su compañera; al principio Emilia se resistía mas al paso de los días ella fue ganando la confianza de Benito y poco a poco se fueron enamorando. El invierno toco a la puerta y los días de frio comenzaron, en casa no se sentía el frio, el amor era el mejor cobijo para los dos de tal manera que una mañana Emilia le dijo a Benito que pronto serian padres; la alegría de ambos se podía ver, cantaban a la par, volaban a la par, y hacían piruetas en el aire, ya no había nada más que pedir; juntos los dos se dieron a la tarea de mejorar el hogar y se mudaron a un árbol mas frondoso, solo que el árbol no era muy alto pero si muy frondoso; así que bajo la promesa de ser felices se dieron prisa para hacer su casa. Benito no salía de su asombro, era tanta su alegría que extendía sus alas al cielo, volaba de flor en flor, las energías parecía que no se terminaban, estaba a la vanguardia, eran tantas las expectativas que el tenia, y así comenzaron los días en que tenían que cuidar el hogar. Una mañana de enero, lluviosa por cierto, Emilia sentada en su aposento sentía que las gotas de lluvia le estaban inundando el hogar y con delicadeza y cosa que nunca había visto antes, ella, con su pico jalaba una de las hojas del árbol para que le sirviera de paraguas, "valla, valla me dije a mi mismo, nunca antes había sido testigo de tan sorprendente hecho" y eso me dice que aun en los animales existe el deseo y el deber de preservar y proteger su entorno, y más aun me dio mucha alegría ver como Benito la observaba desde la rama de otro árbol, él la cuidaba y estaba pendiente de que nada le a sucediera a Emilia. Los días pasaban y con ellos los días de lluvia y así al regresar un lunes por la mañana, vi que el nido estaba completamente vacío, algo había pasado, ya no estaba Emilia sentada en su lugar de siempre, mas cuando me acerque más al árbol me di cuenta que el huevo estaba estrellado en el piso, no se cual sería la parte de la historia que no vi, si fue ella o él que lo tiro por accidente, si otra ave de rapiña les causo ese dolor o si fue algún humano el que lo hizo, solo sé que mis mañanas ya no son como eran antes, se perdió un nido, se perdió una esperanza, se perdieron los dos y con ellos el deseo de ser padres. Ahora quizás Emilia y Benito vuelen por otro arboles, quizás consigan lo que tanto deseaban ya que no fue fácil y esos son los peligros comunes de un matrimonio, de una pareja que lucha contra toda adversidad y que el destino es mezquino porque le corta los deseos y los sueños a aquellos que tienen la dicha se soñar con un mañana cargado de alegría.

LA VIDA EN UN MINUTO

Serian como a las tres o cuatro de la mañana cuando Cleto abrió los ojos se encontraba en una habitación que no era la suya por supuesto todo estaba oscuro trato de sentarse al borde de la cama y volteo a ver a su alrededor y se dio cuenta que efectivamente él no se encontraba en su casa había estado inconsciente por las últimas siete u ocho horas aproximadamente y trataba de recordar que fue lo que lo llevo hasta ese punto pero no como que algo había pasado en su mente y su cabeza, se habían borrado todos los recuerdos que el tenia del porque había llegado hasta ese lugar o más bien del porque estaba el ahí con un poco de esfuerzo logro sentarse al borde de la cama y se dio cuenta que en la medida en que iba abriendo más los ojos, no era un lugar común, más bien parecía un hospital de repente volteo a ver a su lado y si en efecto era un hospital, Erick empezó a preguntarse a sí mismo cual fue la razón por la que el llego hasta ese lugar, trato de indagar, de llamar, pero no nadie contestaba "holaaaa, hay alguien por ahí, alguien que se encuentre por ahí y pueda ayudarme, necesito saber dónde estoy, que estoy haciendo acá, alguien me puede ayudar"; el silencio le respondió, se agarró la cabeza, los cabellos y empezó a balancearse de un lado para otro, no estaba seguro porque razón él estaba ahí, o que es lo que había pasado y que fue lo que lo llevo hasta ese punto tenía mucho para pensar, más no era tiempo para eso, de lo último que se acordaba era de que había estado en una fiesta y que estaba departiendo con unos amigos, "si eso fue, estaba en una fiesta, era viernes por la tarde a qué horas diablos serian que entre al hospital, ¿qué fue lo que me paso?" ; trato de poner en orden sus ideas se volvió a recostar lentamente en la cama y espero pacientemente que las horas siguieran su curso o por lo menos que alguien se apareciera y le diera una explicación del porque él se encontraba ahí, un fuerte dolor en su cabeza se apodero de él, el dolor era algo así como unas puñaladas que atravesaban su cerebro, trato de apretar la cabeza "diablos, me lleva la chingada, que puta madre me está pasando" pensó en sus adentros y al mismo tiempo salía de su boca un gemido muy fuerte que hizo que alguien prendiera la luz, la luz era muy tenue y fue cuando se dio cuenta que tenía algunas sondas conectadas a su brazo, habían diferentes sueros o líquidos que aún estaban entrando en su cuerpo, un escalofrió recorrió su cuerpo; "hola, como se siente señor López" fueron las palabras de la uniformada a la cual no alcanzo a distinguir como la doctora o la enfermera hasta que ella siguió hablando "soy la doctora Rocha, que bueno que ya despertó, ¿se acuerda usted de algo?" pregunto la doctora a lo que Cleto respondió "no mucho doctora, solo recuerdo que anoche estaba en una fiesta en casa de unos amigos, y para ser honestos, eso es todo lo que yo recuerdo" se hizo una pausa, la doctora hizo un sonido "mjmm, bueno señor López, como vera no se acuerda de como llego usted hasta este punto y quizás esto sea algo que quiera preguntarme, le diré que usted fue ingresado a las 7:36 de la noche estaba usted totalmente inconsciente y su esposa con otras personas lo ingresaron a este hospital, como puede ver fue necesario practicarle primeros auxilios, lo que su cuerpo está recibiendo son electrolitos que le harán que su cuerpo recobre fuerzas, hubo de necesidad de ponerle oxígeno, pero después que su cuerpo se estabilizo decidí quitarle el oxígeno ya que sus pulmones estaban funcionando de manera normal, se le mandaron a hacer pruebas de laboratorio y tendremos que esperar hasta el día lunes a que vengan a laborar los de rayos x ya que será necesario hacerle otros estudios, por lo pronto usted estará acá como huésped distinguido del hospital hasta que su doctor, el doctor Morales que es su médico familiar de la orden de que usted puede abandonar ya el hospital, relájese, el peligro ya paso" trato de sentarse pero los Dolores de cabeza eran Fuertes, casi balbuceando pregunto "¿qué me paso doctora, me puede explicar, porque estoy aquí?" a lo que la doctora le respondió;

"señor López, trate de estar en calma, le repito que aún no sabemos exactamente bien que es lo que tiene, su esposa solo comento que se había desmayado y que usted se había estado quejando de un fuerte dolor de cabeza, eso fue todo lo que sabemos, como puede ver, para el dolor de cabeza se le ha suministrado una analgésico, pero si persisten las molestias o el dolor es más intenso será necesario ponerle una droga más fuerte" ¿ y cuál es la droga?" Pregunto un tanto balbuceante; " se trata de morfina, eso le bajara de inmediato el dolor de cabeza; pero dígame señor López,¿ desde cuándo padece usted Dolores de cabeza?" le pregunto la doctora y el trato de hacer memoria, "vera doctora en realidad los comencé a sentir así Fuertes desde hace unos cuatro meses, pero siempre pensé que eran por causa del smog y del ruido, usted sabe la contaminación ambiental y desde entonces estoy que hago una cita con el Dr. Morales pero por decidía o porque estoy muy ocupado no me he dado tiempo", la doctora no le respondió estaba revisando su expediente médico y se puso la pluma en la boca, "¿ha estado bajo demasiado stress?" "si un poco, es normal con este trabajo de periodista" le respondió Cleto, "bueno, trate de descansar, ya le envié un mensaje al doctor Morales explicándole el cuadro clínico que usted presenta, espero que no sea nada complicado" Cleto no respondió, se quedó quieto y antes de que la doctora saliera le dijo "¿puedo ver a mi esposa?" a lo que la doctora le respondió que no iba a ser posible, pues ella se había ido a su casa a descansar "ella regresa en unas cuantas horas señor

López, trate de descansar" y salió de la habitación apagando la luz no sin antes decirle que botón apretar por si necesitaba asistencia. Se quedó despierto medio sentado y trato de descansar; su nombre real era Erick Anacleto López Medina, en el momento en que estaba sentado en la cama las ideas y los recuerdos asomaban a su mente y empezó a recordar los días de juventud en los cuales el había corredor por ese pueblo, ese pueblo paradisiaco, ese pueblo donde había una rio frondoso, donde las calles eran de piedra, su pueblo se parecía algo así a San Miguel de Allende Guanajuato, esa era la parte más viva de su memoria de repente record sus tiempos de estudiante en los cuales él iba a la preparatoria y logró terminar las carrera de periodismo; después de recibirse comenzó a ejercer como periodista y durante algún tiempo él estuvo identificado con unos grupos de protesta, grupos que estaban en contra del gobierno y de alguna manera se engancho con el ejército popular revolucionario mejor conocido como el EPR, que es un grupo revolucionario que se encuentra en Guerrero y que de alguna forma a decir de muchos se dedican a velar por los derechos de los indígenas en ese estado y no solamente Guerrero si no que también tiene presencia en Oaxaca y Chiapas, para ese entonces Cleto como periodista hizo su tarea y se dedicó a buscar la noticia en esos rumbos, trato de indagar e investigo del porque los campesinos en esa área Vivian en estado de miseria y comenzó a atacar al gobierno estatal y municipal y también federal con artículos que él ponía en un periódico que circulaba semanalmente. Al paso del tiempo Cleto, como le decían los amigos se fue haciendo más famoso y ganando más notoriedad y por ende fue ganador de varios premios de periodismo en su natal Guerrero por su incansable labor y por denunciar las atrocidades del gobierno en contra de los indígenas, por denunciar las condiciones en las cuales ellos se encontraban y por denunciar ante autoridades federales la corrupción de ciertos funcionaros públicos. Pasado algún tiempo se dio cuenta que realmente estaba vacío que algo le faltaba, así que de alguna manera Cleto decidió levantar nuevamente el vuelo y caminar y esta vez se dijo "bueno, creo que aquí nada tengo que hacer porque al final de cuentas el gobierno o los funcionarios públicos seguirán haciendo de las suyas y no voy a tener respuesta o la respuesta que yo quiero, es tanta la corrupción que es imposible luchar contra todo eso, quizás mas adelante retome mi lucha" por lo tanto empaco las ocas cosas que tenía decidió que era tiempo de abandonar Guerrero, esa tarde tuvo una plática consigo mismo ya que Cleto era muy consciente de su mundo, de su entorno y de igual manera hablaba mucho con su conciencia, pidió consejo a su juez interno y le hablo de sus anhelos, de sus deseos de probar suerte en otras latitudes; pasada la charla decidió que era tiempo de caminar, la frase se Antonio Machado de "caminante no hay camino, se hace camino al andar" marcaba su pauta y su ruta. A la mañana siguiente se dirigió a la central de autobuses y se embarcó con rumbo a la ciudad de México. Llego a vivir con un primo que ya tenía tiempo viviendo en

la capital y el DF como le llaman muchos o Distrito
Federal era una jungla de carros, edificios, smog y
gente a la cual Cleto no estaba acostumbrado; en
cuanto se instaló en la ciudad de México el trato de
buscar acomodo en algún periódico local, toco
puertas por todas partes y como siempre pasa
cuando buscas trabajo le decían "en este momento
no tenemos nada disponible, pero en cuanto
tengamos algo le haremos saber para que usted
vengas a una segunda entrevista" y las horas
pasaban y se iban haciendo días y así se pasaban
semanas en las cuales Cleto se encontraba ya
desesperado porque el poco dinero que tenía ya se
le estaba agotando, ante esta situación él no tuvo
más remedio que hacerle caso a su primo con el
cual vivía el cual le dijo "en el restaurant donde yo
trabajo hay un bar y están solicitando meseros,
porque no metes tu solicitud de empleo con suerte y
te llaman, hablare con el patrón y le diré que tú
eres mi pariente" "si estoy de acuerdo hay que
trabajar, pero el detalle aquí es que no cuento con
ninguna experiencia" a lo que su primo le respondió
"no te preocupes ahí te enseñas confía y veras que
con poco de suerte te acomodas ahí a trabajar
conmigo"; la idea no era del todo mala ya que se
trataba de hacer, de producir dinero y por lo tanto
Cleto tenía que sobrevivir, tenía que subsistir así que
fue a la entrevista y en menos de tres días ya
estaba trabajando como mesero, obviamente era un
hombre inexperto ya que no tenía nada que ver el
bar o estar de mesero en un bar a lo que él hacia
detrás de un escritorio, era su única salida no tenia
de más así que decidió tomar el trabajo mientras

seguía tocando puertas en los periódicos de la ciudad de México. Y así pasaron tres meses y un buen día recibió una carta en el lugar donde vivía de un periódico muy famoso y de una revista muy famosa en la cual solicitaban sus servicios y lo estaban citando para una entrevista estaba muy emocionado así que le hizo saber a su primo que ya le había llegado notificación de los lugares donde él había puesto su solicitud de empleo o su currículo vitae como le llaman, la cita estaba concertada para la próxima semana, lunes a las diez de la mañana esa era su primer entrevista y tenía otra entrevista ese mismo día a las tres de la tarde sobre la avenida Paseo de la Reforma; Erick como se hacía llamar ahí por cuestiones de la profesión estaba muy entusiasmado, claro ya no tendría que sufrir más, ya no tenía que preocuparse por nada ya que al final de cuentas habría una entrada de dinero mayor de la que estaba percibiendo y lo que era más importante, era el trabajo que a él le gustaba hacer; se preparó como nunca, mando su mejor traje a la tintorería y espero pacientemente al día de su entrevista. La noticia la había recibido a mediados de la semana así que tenía que trabajar jueves, viernes y sábado y domingo, pero eso ya no importaba del todo, al final de cuentas él se había reencontrado con lo que era su destino, su profesión, su carrera como periodista. Las horas transcurrieron, termino su turno el día jueves, paso viernes, trabajo sábado y decidió decirle a su jefe que tenía que tomar unos días libres a partir del día siguiente, ya que a veces los días domingos son días muy flojos, el bar vende poco ya que la mayoría de los clientes tienen que trabajar en la semana, así que pocos asisten al bar, sobre en el turno de Cleto, esa era una buena opción porque tenía que hacer unos preparativos, hasta que llego el día lunes, y así fue, se presentó a la entrevista y esta estuvo de maravilla, le ofrecieron tres veces más de lo que el ganaba en Guerrero, obviamente que este era un trabajo más extensivo, aquí había que viajar, enfocarse más en su trabajo, hacer entrevistas, tocar puertas, buscar la fuente de la noticia, investigar como lo hacen los detectives. Cleto nuevamente se enfrentaba a la misma situación a la que habías estado expuesto en los años anteriores previos a su estadía en el estado de Guerrero, en esos momentos pasaba por su mente situaciones en la cuales él había estado en hospitales, en ministerios públicos, había estado en cárceles, en las llanuras, en cerros, en casas de familiares de desaparecidos políticos, había estado en diferentes partes como siempre buscando la veracidad de la noticia así que esa labor no era para el del todo desconocida él sabía perfectamente que es lo que tenía que hacer y lo que era más importante, como hacerlo, aunque muchas veces él estuvo al borde de la muerte ya que muchas veces lo amenazaron porque había tocado los intereses de algunas personas con poder, de algunos políticos corruptos que no estaban de acuerdo con su manera de pensar o con su punto de vista con respecto a alguna situación que le parecían al injusta y esa fue alguna de las razones por las cuales él incluso tuvo que salir corriendo o esconderse porque la vida estaba de por medio sin embargo el entendía a la perfección la carrera del

periodismo es una profesión de riesgo lo mismo que
la de un cazador o cualquier otra en la cual la vida
te pone en un disyuntiva y tú tienes que tomar
decisiones y tienes que hacer algo porque muchas
veces de esa decisión depende tu vida en este caso
Cleto no estaba ajeno a la idea de lo que tenía que
hacer y sabía que su carrera como periodista era
mucho más importante más aún que le acababan de
dar los dos empleos; para la revista escribiría un
artículo semanal y para el periódico escribiría tres
artículos por semana, sus artículos aparecerían en la
sección matutina y en la revista aparecerían cada
semana, durante la entrevista los ejecutivos que lo
estaban entrevistando eran unos hombres muy
elegantes, lo pasaron a un despacho, el cual tenía
una mesa en forma ovalada de caoba, los pisos
eran totalmente de manera que hacían contraste con
la mesa y los cuadros colgados en la pared, en el
pasillo que conduce a esa sala de entrevista están
varios   nombre   de   periodistas,   premios   y
reconocimientos   de   otros   tantos   que   habían
trabajado antes en ese lugar o que estaban en
activo, estar en ese lugar fue algo que motivo a
Cleto ante lo cual se dijo a sí mismo "esta es mi
oportunidad y no la voy a dejar ir voy a dar todo
mi esfuerzo porque sé que tengo la capacidad para
levantarme y para hacer lo que siempre he querido
hacer, el periodismo es una carrera de riesgos es
cierto, pero también es una carrera que te da
satisfacciones en la cual estoy haciendo lo que me
gusta y me gusta informar, me gusta redactar y me
gusta que me lean, por la misma razón estoy acá y
voy   a   triunfar";   la   entrevista   estuvo   muy   bien

llevada, las cosas salieron como él las había pensado y todo estaba listo ya. En la segunda entrevista para la revista esta fue más breve ya que el editor de la revista tenía que viajar a Colombia para investigar los conflictos que se estaban llevando con la guerrilla del azar, a Cleto le gusto el ambiente de la revista, porque el lugar de trabajo se veía y se sentía más relajado y de alguna manera cada vez que pasaba por una puerta todos lo saludaban dándole la bienvenida, "hey bienvenido a bordo" "bienvenido", todos le daban la bienvenida, Cleto estaba muy emocionado por supuesto y a partir de ahí comenzó a hacer sus sueños, comenzó a echar palomas al vuelo, empezó a imaginarse un mundo dentro de la carrera de periodismo pensó para sí "no quiero ser uno más del montón, no quiero, yo voy a sobresalir, porque es una necesidad personal y es un triunfo que quiero lograr y lo voy a lograr, porque sé que puedo"; después de la entrevista salió caminando por ese pasillo y cuando al fin alcanzo la avenida Paseo de la Reforma un aire fresco propio del mes de invierno le pego en la cara, estaba un poco más relajado, tranquilo, mas ahora estaba en esa disyuntiva, el trabajo de mesero realmente le estaba dando de comer en esos días, las propinas eran muy buenas y no sabía qué hacer, aunque la decisión ya estaba tomada, trabajar de mesero no era algo que él quería para sí, así que decidió hablar con su jefe y dar las gracias, su profesión era la de periodista no de mesero, así que quizás su jefe entendería las razones del porque el renunciaba a su trabajo de mesero. Siguió caminando por la avenida hasta que se topó con el Ángel de la Independencia en pleno Paseo de Reforma, abordo un microbús que lo llevaría a la estación del metro y ahí transportarse a su casa, ya que vivía por la zona oriente, por la calzada Ignacio Zaragoza, por el mercado de San Juan. Cleto estaba muy contento, parecía que las cosas se les estaban dando como él las había pensado, una y otra vez se recordaba la frase de Epicteto que dice "Primero piensa que quieres ser y después haz lo que tengas que hacer", esta era una frase que lo motivaba a seguir y parecía que estaba en el camino correcto, al menos ya había dado el primer paso y comenzaba ya a dar el segundo y eso para él era muy bueno. Al día siguiente, martes, llego la hora de presentarse a trabajar y Cleto llego al restaurant bar donde él trabajaba como siempre sonriente, con una sonrisa amable y dispuesto a dar todo de sí, el gerente lo recibió también con una sonrisa "hoola que tal,¿ cómo te va, como estas? Y Cleto le respondió con la amabilidad de siempre "aah hola, que tal, como estas, yo estoy bien gracias, ya alistándome para iniciar la jornada, a propósito que veo que lo veo señor, necesito hablar con usted, no sé si tenga tiempo, tengo algo muy importante que decirle" a lo que el gerente le respondió, "si me das diez minutos con gusto nos sentamos porque ahorita tengo que terminar algo, pero claro que sí, yo te aviso" "aaah claro, si, no se preocupe señor yo espero" "bueno a darle porque ya casi llegara la hora de comenzar a trabajar" Cleto se puso su delantal, agarro su block de notas y se dirigió a la barra para ver cuáles eran las mesas que le tenían asignadas para esa noche, ya que siempre se rotaban las mesas con sus demás compañeros. Él estaba muy entusiasmado, en realidad estaba muy contento por lo que había logrado, parecía que al final del camino encontraba la luz, esa luz que el siempre buscaba, la luz de la imaginación, la luz de la fuerza, la luz del entendimiento, la luz de la razón y era por eso que Cleto estaba muy contento, a veces se confundía con su nombre y renegaba de él, "porque no solo Erick, porque Cleto" aunque él sabía que llevaba el nombre de Cleto en memoria de un bisabuelo paterno y al final de cuentas el entendía que son los padres quienes deciden por el nombre de los hijos, pero él estaba contento al final de cuentas el nombre no importa tanto, almenas no para él, y como siempre terminaba aceptando su nombre, estaba tan absorto en sus pensamientos hasta que su jefe le toco la espalda por atrás "Erick estás listo, ahora ya tengo tiempo, puedes pasar a mi oficina" aun absorto por la sorpresa, respondió "aah ooh si, si claro, claro, gracias señor" el gerente lo condujo hasta su oficina, que era una oficina muy pequeña que apenas si cabían dos personas en ella en el escritorio que estaba ahí, Erick se sentó y su jefe toma la palabra "bueno Erick, dime soy todo oídos, pero primero déjame hacerte una pregunta, dime como te haz sentido últimamente, dime, ¿te gusta el trabajo?" a lo que Erick respondió "oh si claro, claro, me encanta me fascina y estoy muy agradecido con usted y con la empresa que me ha dado la oportunidad de estar trabajando aquí y claro que estoy muy contento" "bueno en realidad la empresa (le respondió su jefe) tu sabes que es una empresa familiar y tú sabes que yo estoy al frente de ella, tratamos de hacer bien las cosas para que el negocio de lo que tiene que dar y más que nada recuerda que la filosofía no es tanto el vender un trago si no que el cliente se valla satisfecho y regrese nuevamente, esa es la visión del restaurant y esa es la visión del bar" "totalmente de acuerdo contigo" le respondió Erick y siguieron charlando con respecto a la visión del negocio, hasta que su jefe le dijo, "bueno a lo que venimos porque el tiempo apremia" "oh si, mira no sé si recuerda que cuando metí mi solicitud de empleo puse que mi vocación real es la de periodista, porque yo estudie periodismo" "aah si, si ya recuerdo, de hecho fue tu primo el que te recomendó ya que tu primo lleva trabajando como diez años con nosotros y estamos muy contento de tenerlo, de que el forme parte del equipo porque consideramos que nuestra equipo es un equipo de triunfadores y para triunfadores, pero si claro que si lo recuerdo" "bueno mira, yo esto es lo que te quería decir, para esto te pedí un minuto de tu tiempo, porque quiero decirte que aunque estoy muy a gusto con ustedes y estoy muy agradecido con la empresa, quiero decirte que el día de hoy tuve dos entrevistas y la verdad voy a comenzar a trabajar la próxima semana para el periódico y también comenzare a trabajar en una revista" a lo que su jefe le pregunto "oye, y ¿Cuál es el periódico para el cual vas a trabajar?" "ooh voy a trabajar para el despertar" "aah que bien felicidades, me da gusto, valla, quien diría, quien diría, bueno solo te pido que cuando escribas un artículo no olvides mencionarnos a nosotros" "aah claro claro por supuesto, eso téngalo por seguro" "oye y la revista, ¿en qué revista vas a trabajar?" "bueno la revista es una revista nueva, de reciente formación y que apenas ha comenzado su circulación, no es una revista muy renombrada pero se llama sucesos" "oooh valla valla, sucesos, fíjate que yo nunca había escuchado hablar de esa revista" "no en realidad por la misma razón que te estoy diciendo que es una revista nueva que apenas comienza a circular, pero tiene más o menos la misma temática de la revista proceso que se enfoca a hechos políticos y a otros sucesos que llamen la atención del lector, esa es la idea y el formato de la revista y la verdad estoy muy entusiasmado yo espero y confió en las cosas estarán mejor" a lo que su jefe le respondió "claro que van a salir mejor, mira muchacho, lo único que te puedo decir es que cuando uno hace las cosas a conciencia y cuando haces lo que realmente te gusta y lo que realmente vale la pena en tu vida, tenlo por seguro que vas a triunfar en todas las cosas que te propongas, recuerda una frase, recuérdala siempre, CUANDO TENGAS QUE HACER ALGO HAZLO Y HAZLO BIEN, y pon todo tu empeño en ese esfuerzo porque de ahí viene el resultado, yo sé que te va a ir bien y en hora buena muchacho y como siempre, recuerda que esta es tu casa y las puertas siempre estarán abiertas" "oooh a propósito, si no te incomoda y si te parece cuando te haga falta alguien, me puedes llamar, puedo trabajar una que otra noche, no hay problema" " en serio, pero tú crees que vas a tener tiempo para trabajar en las noches, tu trabajo es un trabajo pesado, arduo" "si, si lo entiendo, pero sé que puedo trabajar una que otra noche, me gustaría seguir haciendo esto, me he sentido tan bien y no es tanto por el dinero o por las propinas sino porque es un ambiente de trabajo distinto al que yo había visto, al menos en mi pueblo en el estado de Guerrero, pero bueno, te agradezco mucho y gracias por la confianza que me haz dado" "al contrario, nosotros estamos muy orgullosos de tener a un profesional, a un periodista que empieza a abrirse camino, en este difícil mundo del periodismo, al menos aquí en la ciudad de México, en hora buena muchacho, bueno a trabajar, la casa pierde, los clientes nos esperan" se dieron la mano y Erick salió directamente al bar a hacer su trabajo. Cuando salió se dio cuenta que en esos diez minutos que había estado hablando con su jefe el mundo se le había abierto nuevamente, tenía razones para estar contento y para estar feliz y a la vez le daba gracias al todo poderoso la oportunidad que le daba de conocer gente tan maravillosa y que de alguna manera lo apoyaba y reconocía el esfuerzo y el empeño que él estaba poniendo en su carrera. Se dio cuenta que los clientes algunos ya comunes en el bar que comenzaban a llegar, habían caras conocidas ya que en el poco tiempo que él estaba trabajando en el bar se había hecho amigo de unos cuantos; "hola Erick, ¿que tal como te va?" "hey hola que tal, estoy bien ya sabes por acá dándole al trabajo" "qué bueno, me da gusto saludarte" "igualmente" "¿qué mesas estas atendiendo?" "ooh esta noche me asignaron de este lado" "ah ya, bueno, nosotros estaremos en la barra, aah mira te

presento a unos amigos, compañeros de trabajo"
"hola, que tal a todos buenas noches" y se dieron la
mano y por supuesto los nombres. En ese momento
entro una señora muy elegante y se dirigió a la
barra y el volteo a mirarla y se dio cuenta que el
cantinero lo señalaba, como siempre con la
amabilidad que lo caracterizaba Erick se acercó y
la saludo "hola que tal buenas noches bella dama,
¿en qué le podemos ayudar?" a lo cual la señora le
dijo extendiéndole la mano "hola que tal, ¿Cómo te
va?" " muy bien, pase por aquí la voy a sentar" " no
no quiero que me sientes, yo me puedo sentar sola,
solo que vine porque una amiga me dijo que aquí
trabajaba un tipo muy apuesto y ahora que te veo
me doy cuenta que ella no estaba tan mal, ¿Cuál es
tu nombre? " entonces él un tanto nervioso le
muestra su gafete que traía consigo en el pecho en
su camisa " mi nombre es Erick, mucho gusto señora "
" el gusto es mío muchacho " "pase por favor " y le
dice ella " quiero que me sientes en la mejor mesa
porque esta noche voy a cerrar un negocio, creo
que va a ser el negocio de mi vida, por eso no dude
en platicarme a mi amiga y ella fue la que me
recomendó este lugar, pero más que nada que
viniera contigo porque ella sabe que tú eres un
mesero que da un muy buen servicio, un servicio
excelente " a lo cual Erick se sonrió " ah muchas
gracias señora " " eh ¿cuál es su nombre perdón? "
"oh mi nombre es Elena Downs " "mucho gusto
señora Downs " " me puede llamar Elena, yo no
tengo ningún problema con eso" " señora buenas
noches, esperamos que se sienta muy bien pero que
le vamos a servir para empezar " " me puedes

traer para comenzar una vaso con agua y un Henesy en las rocas con refresco de cola a un lado, y también un tequila doble " " a la orden señora " se da la vuelta y cuando él se da la vuelta se quedó pensando y pensando " quien sería la persona que le recomendó este lugar a esta señora y buscarlo exclusivamente a él y empezó a tejer ideas y a sacar conclusiones de que es lo que le estaba pasando y de repente le tocan por la espalda y era su amiga, una de las clientas que él conocía de hace tiempo Claudia Campomares " Clauudiaa hola que tal, ¿Cómo te va? " " hoola muñeco como estas" " pues aquí trabajando, aah te aviso de una buena vez porque no quiero que después digas que no te dije no son sorpresas, te aviso que esta es mi última semana de trabajo, de hecho el domingo será mi último día, trabajare hasta el día domingo porque que crees, conseguí trabajo al final de cuentas en un periódico y en una revista " " hay que bueno querido, me da mucho gusto, ooye ya viste, ya te fijaste, al fin consiguió trabajo como periodista, waooo esto sí que es una verdadera sorpresa" dirigiéndose a Elena que estaba sentada y claro que se conocían " hola querida, como te está atendiendo este muñeco" saludándose de beso "ohm muy bien y no está del todo mal, me ha estado atendiendo del todo bien ". Elena Downs se veía que era una persona de dinero por las prendas que vestía, el perfume caro que traía porque olía a perfume caro no como a los que Erick estaba acostumbrado a oler, de esos de catálogo que llegan a la semana y que venden en cualquier salón de belleza o incluso la señora de la tienda de la esquina donde él vive; pidió mesa para seis " no sabes qué? Mejor dame mesa para ocho por favor" y Erick le dio lo que ella había pedido, mesa para ocho, Erick se dio la vuelta y las dejo a las dos amigas platicando y él se quedó absorto en sus pensamientos reflexionando y recordando todo aquello que a sus escasos 26 años de edad había pasado por su vida. La noche estuvo muy amena, estuvo muy ocupado sirviendo mesas, clientes como siempre parroquiales y no faltaba uno que otro tipo que tratara de pasarse de listo ya que las amigas que acompañaban a la señora Downs se veía también que eran damas de dinero, entre ellas estaba una persona alta, rubia que más bien parecía como una Americana y Erick lo dedujo ya que su acento español no era muy bueno, pero lo importante era que ella si entendía perfectamente el español y trataba de hablarlo sobre todo cuando le pedía algo de tomar, " me traes un tequila precioso"; Erick estuvo muy solicitado esa noche y al final ya casi para cerrar el turno, casi una media hora antes todas se retiraron, solo quedaba uno que otro que aun saboreaba su trago, aunque el cantinero ya les comenzaba a decir " en media hora cerramos señores, si van a ordenar algo háganlo faltando diez minutos, ya que después de media hora la barra se cierra, no se venderá más alcohol, y se pueden quedar hasta media hora después " ya que era el tiempo que les tomaba para limpiar y arreglar las mesas, Elena también estaba ahí junto con Claudia, charlaban muy amenamente pero ya se encontraban alcoholizadas se les notaba cada vez que hablaban; Elena se paró de la mesa tambaleándose y se dirigió a donde se encontraba Erick y le dio un abrazo que parecía un abrazo interminable, entonces Erick se la quedó mirando de reojo y pensó en sus adentros " bueno a esta tipa que le pasa" mjmjum " ¿señora se siente usted bien, quiere que le llame un taxi para que la lleve a casa? " a lo que ella le respondió con una voz etílica " no querido, mi chofer me está esperando allá afuera, no te preocupes por eso " " aah mire pensé que venía usted sola, no pensé que traía usted chofer " "claro que sí, te dije que esta noche iba a ser mi noche, y por eso estoy muuuuy contenta y ¿sabes porque querido? " " eh no la verdad que no señora Downs " " acabo de firmar el mejor contrato de mi vida, no sabes cuánto dinero voy a ganar " " aaah que interesante y puedo saber si no es indiscreción de que se trata su contrato " "mira querido yo trabajo para una agencia de bienes y raíces y acabo de vender una propiedad, acabo de firmar un contrato de compra venta de una propiedad que está valuada en más de 50 millones de pesos, esa propiedad se tenía en el mercado por hace más de cinco años por una cantidad de 40 millones y yo la acabo de vender por 50 millones lo que significa que mi comisión va a estar bastante bien significa que ganare dinero que no he ganado por los últimos dos o tres años, así son las cosas de los negocios querido por eso estoy tan contenta que quise darte este abrazo y decirte gracias por supuesto quiero darte esta propina en agradecimiento por el buen servicio que tú me haz dado" en ese momento metió la mano a su bolso y saco un fajo de billetes serian algo así como seis u ocho mil pesos de propina cosa que tampoco Erick había ganado en mucho tiempo, muy emocionado le agarro la mano a Elena y trato de besársela pero ella, lo detuvo y le dijo " no no querido, muchas veces a nosotras las damas no nos gusta que nos besen en la mano aunque sea un acto de caballerosidad prefiero que me lo des acá poniéndole la mejilla, a lo cual Erick de una manera sencilla y sin morbo le dio un beso, pero Elena apretando su cabeza hizo que el beso fuera más prolongado en la mejilla y salió del lugar sonriendo y guiñándole un ojo y Erick le respondió con una sonrisa " que pase usted una bonita noche señora y que descanse, me da gusto que esta haya sido su noche, y gracias por el detalle " " gracias a ti querido por el buen servicio " se dio la vuelta y desapareció por la puerta, detrás de Elena venia Claudia, que de igual una manera efusiva se despidió de él, "suerte en tu nuevo trabajo Erick, en serio estoy muy contenta por ti, felicidades, espero que no termine acá la amistad" "claro que no, tienes mi número, cuando gustes llámame, podemos salir a tomar un café o a comer claro cada vez que haya tiempo " " aah si claro, gracias, lo haré " y se despidió; él se quedó parado y pensativo, nunca antes había recibido una cantidad de propina tan grande como la que le había dado la señora Downs, unos de sus compañeros de trabajo le dijo "valla suertudote yo tengo cinco años trabajando aquí y nunca me ha tocado una propina así, es más ni siquiera mil putos pesos y tu mira " " suerte de principiante " le dijo otra de sus compañeras " quizás sea que Dios ha estado conmigo, quizás de repente la suerte, pero también debo decir que esto es un esfuerzo a mi trabajo siempre trato de hacer bien las cosas" " claro para eso estamos tonto, que no te das cuenta que todos tratamos de hacer bien las cosas" que por cierto su compañera se llamaba Mirna quien también se veía interesada en Erick pero que nunca le dio oportunidad para un acercamiento, al menos él no estaba interesado aun en las lides del amor, su idea era triunfar, y ya estaba en camino. Cuando lego la hora de irse a casa apareció su jefe en la barra con sus demás compañeros de trabajo y comenzaron a cantarle las golondrinas, su jefe llevaba en la mano un pastel que había ordenado previamente durante el transcurso de la noche para darle las gracias a Erick por el tiempo que había trabajado con ellos y más que nada para desearle suerte; Erick muy emocionado agradeció las atenciones de su jefe " gracias, gracias, de veras, muchas gracias a todos ustedes por ser tan lindos, en verdad no esperaba esto, muchas gracias, muy agradecido en el alma"; agradecía también a sus compañeros de trabajo que en tampoco tiempo se había encariñado con ellos, por supuesto su primo también estaba ahí y estaba contento por la suerte que se le estaba presentando a Erick en ese momento, no hubo mucho porque al final de cuentas había que seguir como les dijo el dueño, su gerente, el señor Lanis " hay que trabajar al día siguiente muchachos, pero si podemos celebrar aunque sea poco tiempo" pero si hubo tiempo para partir el pastel y tomar unos cuantos tragos gratis a cuenta del bar, "la casa invita " dijo el señor Lanis, " esta noche es una noche muy especial para nuestro amigo Erick, y esperamos que él se la haya pasado bien el tiempo que estuvo laborando acá con nosotros, Erick muchas gracias, el restaurant y bar el Higo te agradece tu colaboración, gracias muchachos " y el levantando su mano brindo y todos dijeron "salud" Erick muy emocionado, casi con los ojos llenos de lágrimas agradeció nuevamente y de manera humilde, el favor de tenerlo ahí, agradeció la amabilidad, el cariño, del aprecio de la gente y de los clientes y la atención como su jefe el señor Alanis le estaba brindando; "caray, en estos tiempos nadie, pero nadie se preocupa por darte una despedida de esta manera, es algo muy emotivo, es algo que siempre voy a llevar en mi corazón y en mi mente " pensó para sí mismo, todos brindaron, tres o cuatro tragos más y cada quien para su casa, en el trayecto a casa y absorto en sus pensamientos, la mente le daba vueltas y vueltas como la rueda de la fortuna " a donde iré a parar, cual es mi destino, cual será mi destino, se preguntaba a sí mismo, que me depara el destino, que es el futuro, que será de mi" de repente el sueño lo quiso vencer, adormitado, y cabeceando se bajó del metro, que por cierto era el último de la noche, camino a casa, cuando salió del metro, se fijó para todos lados, ya que la delincuencia nunca duerme, hasta el momento nunca le había pasado nada, al menos no había sido víctima de robo u otra cosa, al menos no era parte de una estadística más y era algo que también agradecía a la vida y a la Divina Providencia; llego a su casa, se desvistió, se metió a la cama, ya que al día siguiente había que levantarse temprano, ya que al día siguiente tenía que entregar algunos documentos que todavía le faltaban como parte del requisito tanto para la revista como pare el periódico, más que nada era para que su estadía en sus nuevos centros de trabajo fuera legal. Por fin amaneció, se despertó, se estiro, se sentó al borde de la cama.se persigno de manera religioso de la misma forma en le habían enseñado las catecistas del pueblo, se metió al baño y ya en la ducha alzo su plegaria a la Divina Providencia, ya que era una oración que su madre le había enseñado cuando él era pequeño, entre oración y pensamiento termino de bañarse, se preparó su desayuno, se sentó a comer, termino lo más rápido que pudo, se vistió, se puso su traje, se roció de perfume, tomo sus documentos y su portafolio y salió a la calle a enfrentar al destino. Llego a la hora, paso por la oficina de recursos humanos a entregar sus documentos y los otros los llevaría más tarde, se dirigió con su jefe para que le asignaran su oficina, su jefe, era el jefe de edición el señor Jorge Pérez, y este lo condujo hasta donde sería su oficina "Erick tenemos que informarte aah mira, déjeme presentarme, mi nombre es Jorge Pérez y yo soy el jefe de edición, te llevare a tu centro de trabajo " dándole la mano " ah mucho gusto Jorge, mucho gusto encantado " " espero que te sientas muy bien acá, esta es tu casa, y te damos la bienvenida como a todos los que llegan, este es un gran periódico, esperamos que hagas tu trabajo con profesionalidad y que tengas el aplomo y no te des por vencido ante cualquier situación " a lo que Erick le respondió " ooh no te preocupes por eso, soy caballero de mil batallas, ya he estado en eso, es mi pan de todos los días, es lo que yo hacía, y tenlo por seguro que no me dejare amedrentar por ninguna situación o circunstancia " " ooooh eso es muy bueno, es bueno saber con quién vamos a trabajar, y me da gusto que estés en el grupo de nosotros, nosotros somos un grupo de triunfadores, esa es nuestra visión y eso es lo que queremos llevar, normalmente cada vez que sale el periódico, en cada edición, cada vez que sale una noticia, tratamos de dar la mejor noticia, siempre estamos diciendo la verdad, tratamos de desenmascarar a lo falso y damos al público la verdad, la verdad no necesita de ser defendida, damos el rostro humano al lector, espero que te sientas bien, que te sientas a gusto en nuestra empresa, pero pásale por favor te voy a enseñar en donde está tu oficina " "detrás de usted señor, usted es el que sabe, yo le sigo " lo condujo a través de un pasillo y lo llevo hasta su oficina y ahí ya lo estaban esperando, cuando abrió la puerta se escucharon aplausos, los compañeros con los que iba a trabajar lo recibían así, de esa manera con aplausos, y entre ellos estaba Carla Manzo, otra periodista que tenía ya como dos años trabajando para el periódico y con la cual el compartiría la oficina, el jefe los presento " Carla te presento a Erick, Erick te presento a Carla" los dos se dieron la mano de manera cordial; "Erick, mucho gusto, ya me habían dado referencias tuyas sé que vienes del estado de Guerrero y sé que eres un gran periodista " " mucho gusto Carla, el gusto es mío estoy muy agradecido y muy contento de estar acá, nuevamente muchas gracias a todos ustedes muchachos por el tiempo que se han tomado para darme la bienvenida, esto realmente es como sentirse en casa, como cuando llegas cansado y te reciben con los brazos abiertos, como cuando llegas a casa cansado y te reciben con un plato de comida y un vaso de agua porque vienes cansado y sediento, así me siento, esa es la impresión que tengo el día de hoy y nuevamente agradecido con Dios, con ustedes y con la vida, muchas gracias muchachos " " bueno si traes cosas, trata de ponerlas en orden, este es tu espacio esta es tu oficina ponte de acuerdo con Carla y ya ustedes se organizan " " ooh si si, no te preocupes, aquí nos ponemos de acuerdo" acto seguido todos se fueron a sus respectivas oficinas y solo se quedaron los dos, Erick tomo su espacio y comenzó a acomodar algunas documentos en su escritorio, Carla comenzó la charla " ¿cuánto tiempo tienes en la capital? " " bueno en realidad tengo algo así como seis meses, solo que había estado tocando puertas y tú sabes muchas veces no es tan fácil encontrar trabajo, pero bueno al final de cuentas, lo logre gracias a mi persistencia" " a que bueno, que bueno, oye, una pregunta " Erick la volteo a ver, sobre todo por su tono de voz que ella había utilizado, parecía que comenzaba a interesarse en él. " si dime " " ¿eres casado? " a lo que el movió la cabeza y pensó entre sí, lo típico y lo clásico, "no Carla no estoy casado, a que se debe la pregunta? " " no no, por nada, solo simple curiosidad, porque sabes que el trabajo de periodismo en realidad es muy sofocante, muchas veces nos quita tiempo, por eso te preguntaba que si eras casado " " eeh nop, no soy

casado" el la volteo a ver, y también le pregunto " ¿
tú eres casada? " " no, no soy casada, soy soltera,
bueno hace tiempo mantuve una relación con un tipo
al que le entregue cinco años de mi vida y al final
de cuentas, ya sabes, por mi trabajo no le dedicaba
tiempo, siempre llegaba tarde a casa, termino por
aburrirse, por irse y él me dijo que necesitaba
tiempo, que necesitaba a una persona que estuviera
con él y lo típico y lo clásico, termino por no
entenderme, no valoro mi esfuerzo, mi trabajo y se
fue, en realidad no lo culpo, quizás el tenía razón,
pero como le hacía estaba en esa disyuntiva y yo
amo mi carrera, amo al periodismo y triste, se fue "
y cuando ella dijo eso el noto una expresión de
dejo, de tristeza en la cara de ella pero el evito
decir cosa alguna, para evitar una confrontación o
que ella se sintiera molesta o peor aún más triste
por lo que él fuera decir. La conversación que
sostuvieron los dos estuvo muy amena, ambos se
hicieron preguntas personales con respecto a sus
estados civiles, en cuanto a sus relaciones de
noviazgo y al final de cuentas, tanto el uno como el
otro se percataron que eran dos personas que
tenían algo en común, eran dos seres que sentían
una pasión inmensa por el periodismo, estaban muy
jóvenes y por lo tanto tenían la puerta abierta
hacia el futuro, la mañana se fue volando y entre
platica y platica Carla le pregunta a Erick, "hey
Erick, ¿qué vas a hacer hoy en la tarde?" " fíjate
que no tengo planeado nada más que seguir
desempacando, tu sabes, hay que poner todo en
orden, tengo que revisar y editar algunos
documentos, porque se tienen que publicar algunos

artículos, pasarlos a edición para que les den el visto bueno, y pues nada, en realidad en la tarde no tengo nada que hacer" " eeh bueno, que te parece si vamos a comer después de las cuatro de la tarde " " aah, eeh, bueno no sé, porque no hacemos esto, déjame poner todo en orden, sobre todo este tiradero que tengo en el escritorio y me das tiempo porque pensaba realmente hacer otras cosas el día de hoy, pero si no te molesta en un rato más te doy la respuesta, sale " Carla se lo quedo mirando muy pensativa, y medito en sus adentros "pareciera que este tipo me tiene miedo, ha de traer algún trauma, o quien sabe que es lo que tenga pero bueno, voy a tratar de indagar algo y tratare de trabajar bien con él, seré muy amable y hacer las cosas lo mejor que se pueda, en verdad esta guapo este Guerrerense, le voy a tirar el calzón a ver si cae, ya no quiero estar sola" los minutos transcurrieron y ya casi cuando iban a dar las cuatro de la tarde Erick se acercó a ella, al mismo tiempo se arreglaba su corbata, " Carla, ¿aun está en pie la invitación de ir a comer? " y volteándose de una manera cadenciosa ella respondió " aah si claro que si " " entonces vamos, ¿a qué lugar me vas a llevar a comer, que lugar tienes en mente?, aah y que no sea muy caro por favor porque tú sabes, no tengo mucho dinero para invitarte a un lugar muy caro " " ah no te preocupes querido, el gasto corre por mi cuenta, es una invitación de mi parte, esta es una manera de darte la bienvenida " él se ruborizo, en realidad eso no era algo que se acostumbraba a hacer en su pueblo, en su lugar de origen las costumbres son distintas, el hombre es quien debe de pagar; " oye, tampoco tiene que ser así, ¿cuándo haz visto que una dama pague el plato de un caballero? " Carla se puso a la defensiva " oyee, estamos en pleno siglo XXI, que te pasa, déjame por lo menos sentirme útil, sentirme mujer, que tiene de malo que yo pague la cuenta " "bueno, si tanto insistes pues adelante, y a donde iremos a comer ", ella se quedó pensativa " mmm, déjame ver, bueno, está un lugarcito por aquí por metro Sevilla, sobre avenida Chapultepec, no sé qué te parezca, no sé si te guste ir ahí " " y ¿qué tipo de comida venden ahí? " ella se rio y le dijo " no te preocupes por la comida, la comida es lo de menos " el la volteo a ver de reojo y le contesta " tienes toda la razón, creo que aquí el único tonto he sido yo porque no me había dado cuenta realmente de lo linda que eres" Carla al escuchar esto sintió que se le subían los colores al rostro " acaso me estas flirteando, acaso me estas echando los perros " Erick se puso a la defensiva " noo claro que no, te dije linda por la manera y la actitud que tienes de portarte conmigo, no me estoy refiriendo a que quiera una relación sentimental contigo, para nada de antemano te quiero dar las gracias, por esa gentileza que tu haz tenido, por la manera que te haz portado conmigo, por todo lo bueno que me haz mostrado en este corto tiempo en el que nos hemos tratado y a eso me refería y cuando digo linda me refiero a eso, a que linda es belleza por la bella persona que eres, linda porque eres a todo dar, a toda madre como dicen los chilangos " Carla lo volteo a ver y se sonrió, tomo su bolso de mano y le dijo " ok ya vámonos " " ¿ y donde tomamos el camión? " " ¿ el camión? No querido nos vamos en mi coche, yo tengo coche " " aah, por lo visto aquí el trabajo de periodista deja buen dinero" " bueno en realidad, el tener cosas en este país en este tiempo toma tiempo, ahorrar es la clave, sacrificarse un poco, y claro el periodismo si te da para eso, aunque para mí el periodismos es una vocación, yo así lo veo " " claro, yo estoy totalmente de acuerdo contigo, creo que eso es, cuando es una vocación, lo tienes que hacer o haces lo que realmente te gusta, porque es algo que está en ti, es algo de lo que no puedes separarte, si no te gustara terminaríamos siendo como esos que estudian una cosa y no les gusta, como esos que estudian medicina y tiemblan al ver una gota de sangre, o esos que quisieran ser pasteleros y terminan siendo afanadores o albañiles, muchas veces uno es lo que puede ser, y no lo que debe ser, mas es bonito cuando haces lo que debes de hacer pero tienes la razón cuando dices que el periodismo es una vocación, más bien creo que todo trabajo, todo aquello que llene tu ser de satisfacción, que lo haces con gusto se hace con vocación y por vocación, es como el maestro, el doctor, el abogado, el artista, el estilista, todos ellos tienen vocación y hacen lo que hacen porque les gusta " Carla lo volteo a ver y le contesto " oye, estás hablando como político " la política en si es como una religión, al menos para mí siempre estás pensando en el discurso, como los sacerdotes que piensan en el sermón; ¿dónde está tu coche? " " está en el estacionamiento, vamos sígueme " salieron por los pasillos del edificio del periódico y descendieron al

sótano donde estaba estacionado el coche de
Carla; abordaron el automóvil y salieron a la
avenida, era hora de pelear con el tráfico, a esa
hora mucha gente que anda en las calles corren
como locos, todos quieren llegar a sus casas, a la
hora de la comida, todos quieren estar con sus
familiares, y como es típico, obviamente en todas las
ciudades grandes del mundo se forma el tráfico; la
ciudad de México no es la excepción; " con esta
hambre que tengo" dijo Carla "bueno, acá debes
de manejar con cuidado, cuando estas peleando con
los demás conductores que son unos verdaderos
cafres del volante, el hambre pasa a ser
secundario" "ya, eso sí, pero bueno, aah ya se, por
acá esta un atajo, alguien me enseño este calle, es
cosa de que nos metamos en la siguiente calle para
evitar todo este tráfico "y así entre vueltas a la
izquierdas y derechas ya estaban cerca del
restaurant, se estacionaron en una calle cerrada,
ella apago el motor del carro "ya llegamos bájate,
o esperas que yo te abra la puerta?" "ooye,
espérate, que actitud ya entiendo porque te dejo tu
novio" "hay como crees tonto, nos estacionamos acá
porque el restaurant está en la otra calle y nuca se
encuentra estacionamiento, por eso nos estacionamos
acá, porque si nos hubiéramos ido sobre avenida
Chapultepec, todavía estuviéramos atorados en el
tráfico, y por eso me acorde de este atajo, además
vamos a caminar, ya que hemos estado mucho
tiempo sentados en la oficina, además caminar nos
hace bien y nos da más hambre" "tienes razón "
llegaron al lugar y en cuanto llegaron una señorita
los recibió, les asignaron una mesa y pidieron un

vaso con agua, la caminata les había producido un poco de sed, aunque afuera no había mucho sol, pero el caminar los había fatigado un poco, Carla ordeno una copa de vino tinto " ¿tu tomas? " " no, casi no tomo, menos cuando estoy trabajando, de vez en cuando me tomo una cerveza, sobre todo los fine de semana " " bueno, hoy es lunes, es comienzo de semana, pero una cerveza no te va a emborrachar, además es solo un aperitivo, es para darte la bienvenida, que quieres, un tequila, una cerveza, un coñac ¿ qué te tomas?" " no, no gracias prefiero solo tomar agua, con el agua estoy bien " " hay por favor, ya vas a empezar, no me digas que eres un hombre recatado " " no, en realidad no soy un hombre recatado, solo estoy tratando de guardar la cordura, porque recuerda que mañana hay que trabajar " " pero por favooor, una bebida o una cerveza no te va a votar la cabeza a no ser que seas como esos hombre que al primer trago se ponen como locos " " nooo claro que no, pero no se " " bueno que te gustaría tomar, aah ya se allá en Guerrero hace mucho calor, por lo tanto te voy a pedir una cerveza " llamo a la mesera y le pido una cerveza; y así entre platicas, anécdotas comieron muy a gusto, se habló de sus experiencias y de todo lo que tenía que ver con el periodismo; terminaron de comer, ella pago la cuenta y salieron caminando sobre la avenida, " bueno Carla, si no te molesta, yo acá me quedo, me voy caminando al metro y nuevamente te agradezco por esta bienvenida, es grato encontrar gente como tú que esté dispuesta a ayudar y que esté dispuesta a dar lo mejor de sí, te lo agradezco con todo el corazón, con toda el alma

" y con un movimiento rápido y sin que él lo esperara ella le dio un beso en la mejilla " no te preocupes, yo sé que me lo vas a pagar, porque sé que eres un buen hombre " se dio la vuelta y comenzó a caminar a donde estaba su coche, el la siguió son la mirada " hasta mañana " " hasta mañana querido, que descanses " caminado sobre avenida Chapultepec sus pensamientos nuevamente levantaron el vuelo, que suerte es la que tenía, las penurias ya eran cosas del pasado, atrás quedaba el tiempo que estaba trabajando en las noches como mesero, obviamente que el seguía vinculado a las personas que había conocido en el bar, siempre se acordaba del señor Alanís, de los meseros, de todo, pero ahora lo movía otra inquietud, lo movía el periodismo que era lo que realmente le gustaba, y estaba muy encantado, que más le podía pedir a la vida, acaba de comer con una mujer hermosa como Carla, su jefe Jorge Pérez jefe de edición se veía que era una persona a todo dar, muy honesta, y que decir de Carla, una mujer muy guapa, muy interesante y para él era muy ameno charlar con ella, no quiso imaginar más. Llego al metro y a esa hora el transporte más rápido de la ciudad de México iba atascado de gente, parecían sardinas enlatadas, no había de otra, había que vivir de esa manera, al menos por algún tiempo, por fin llego a su destino, se bajó del metro, abordo su combi, llego a su destino, al bajarse del servicio colectivo, se fue caminando a su casa, en cuanto llego, se tomó una ducha, se puso a ver tv, no le gusto lo que había en la programación, la apago y se puso a leer un libro que había empezado desde hacía tiempo y que no había terminado, leyendo el libro pasaron los minutos y el sueño lo venció, era tiempo de irse a acostar a la cama, habría que trabajar al día siguiente, la vida comenzaba. La alarma del despertador hizo que abriera los ojos, era hora de levantarse, nuevamente ante el estaban todas expectativas puestas en el sendero, se estiro como una lombriz, como un espagueti, se sentó al borde de la cama, hizo su oración como de costumbre, se metió a la ducha, se bañó, a lo lejos se oían el ruido de los aviones, una que otra sirena de ambulancia o de carro de patrulla, se sentó a la mesa a comer su desayuno, pausadamente, sin prisa, aún era temprano, sería como a las seis y media de la mañana, su trabajo comenzaba a las diez aunque a los periodistas no se les requiere estar en su oficina ya que su trabajo requiere que ande de un lugar para otro, ese día tenía que poner en orden las prioridades, hacer una agenda de trabajo con su compañera, estando desayunando vino a su mente nuevamente todo lo que él había pasado y eso era bueno porque de alguna manera él se daba cuenta que habían muchas cosas por hacer, estaba consciente que aun habían cosas más importantes, que todavía no alcanzaba la fama o el éxito que el quería o había soñado, aunque realmente no buscaba la fama o el éxito, simplemente el reconocimiento de aquellos que leen, rigen los medios de comunicación, al final es el público al que se le lleva el trabajo, de alguna forma la mayor aspiración que el buscaba era un reconocimiento nacional e internacional, le tiraba al premio nacional de periodismo, a los premios Puliere más él sabía que apenas comenzaba, solo era un sueño, mas venían a su mente todas las frases, las anécdotas, las experiencias, todo trabajo, requiere sacrificio, una carrera se comienza con un paso, y apenas estaba comenzando en la gran urbe de la ciudad de México, el sabía que tenía que poner más empeño, y que ese sueño algún día lo podía convertir en realidad, todo era cuestión de tiempo, eso él lo sabía de antemano; se levantó de la mesa, como de costumbre lavo su plato, se vistió, se puso su traje, agarro su portafolio y salió de la casa, caminando a la parada del autobús donde tomaba su colectivo volteo a ver a todos lados y de repente en la calle donde él iba caminando vio una escena, parecía que estaban asaltando a una señora, no tuvo tiempo de pensar o de reaccionar, se quedó estático, impávido ante la escena, no era algo usual para él, al menos eso no se veía de donde el venia, " valla manera de comenzar el día, que carajos " a los lejos el escuchaba los gritos de auxilio, de ayuda de la señora que estaba siendo asaltada " auxilio, auxilio, ayúdenme por favor, noo, noo " sin pensarlo más, dejo su portafolio en el piso, se quitó el saco y se abalanzó en contra de uno de los que estaban asaltando a la señora, eran dos, el otro al ver que a su compinche lo estaban vapuleando le sacó una navaja de esas 007 que son automáticas, y le empezó a tirar manazos con intención de lastimarlo, Erick que había estado antes en ese tipo de situaciones miro a los ojos a su contrincante, no tenía miedo, ya que antes él había tenido riñas de ese tipo en su pueblo, en la escuela y una que otra vez en las cantinas del pueblo, así que lo esquivaba muy bien; de un manotazo, lo tambaleo, le había dado en la cara, en un costado de la cara, cerca del oído derecho, parecía que el tipo estaba drogado, y volvió a la carga, en su tercer intento Erick lo desarmo, más el otro se le lanzo, él lo esquivo y no había de otra, había que salvar el pellejo, la señora seguía gritando y los curiosos se detenían a ver el espectáculo ya no tan común en una ciudad tan grande donde cada día más el hampa le gana terreno a la policía, Erick reacciona y dándole una patada en los huevos lo dejo gimiendo de dolor en el suelo, le quedaba el de la navaja que nuevamente se había hecho de ella, Erick tranquilo, guardando la respiración que su contrincante lo atacara y cuando lo hizo con un movimiento rápido lo esquivo agarrándole la mano que sostenía la navaja, le doblo la mano y lo desarmo, acto seguido le dio un cabezazo en la nariz, el hampón comenzó a sangrar, su compañero que se incorporaba del piso agarrándose aun sus partes bajas le comenzó a gritar, " ye déjalo buey, chido, ya estuvo, ya buey, ya, vámonos, chale, pélate carnal" y diciendo esto se echó a correr como pudo; Erick al ver la reacción del otro, lo soltó de la mano, y lo empujo, el otro alcanzo a trastabillar y se fue corriendo junto con su compañero; tomo aire, se acercó a la señora y le pregunto " ¿ no te quitaron nada? " " no gracias a Dios no me quitaron nada y gracias por defenderme, era el gasto de mi semana, mi esposo no había tenido trabajo, y este dinero es el gasto de la semana, imagínate si me lo hubieran robado, de por si estábamos pasando hambre, gracias muchacho Dios te lo pague, muchas

gracias " " no te preocupes, ya paso hice lo que
tenía que hacer " " pero bien pudieron haberte
dado una puñalada, te expusiste " " no se preocupe
señora, lo bueno es que estoy bien, si toda la
ciudadanía reaccionara bien, nuestra sociedad seria
otra, esta vez Dios me acompaño "; agarro su saco
y su portafolio y siguió caminando hacia la parada
del autobús, se subió al metro que como siempre iba
lleno, aunque era temprano en la ciudad de México
la gente no duerme, la gente está en constante
movimiento; llego a so oficina, Carla ya lo estaba
esperando, " oye, a qué hora tienes tiempo para
que nos sentamos en la mesa y discutamos como
vamos a trabajar en equipo " " aah claro Carla, de
hecho en eso venia pensando en el camino y te
platico lo que me paso cuando venía para acá "
Erick le conto con lujo de detalle lo que le había
sucedido esta mañana, y Carla se lo quedo mirando
de una manera asombrada diciendo, " waaaooo, a
mí me han asaltado otras veces y
desafortunadamente nadie me ha ayudado " "
bueno creo que muchas veces no todos los
ciudadano del mundo pensamos igual, unos damos
la cara, otros por vergüenza, por miedo o por lo
que sea dejamos que las cosas pasen y es
precisamente ahí donde está el detalle, el miedo es
lo que hace presa a un hombre, el miedo es el peor
enemigo del hombre y eso me recuerda
precisamente la frase o la parábola del peregrino
y la peste, ¿ haz leído o escuchado esa parábola? "
" aah si, si la he escuchado, me parece que esa está
en la biblia o en algunos relatos bíblicos " " bueno,
en si el miedo es factor para que algunas personas

reaccionen o no reaccionen del todo, pero bueno, eso es entendible porque muchas veces pasa que tienes que reaccionar y muchas veces no hay tiempo para pensar, por ejemplo si vas caminando por un camino y te sale una cobra o una víbora no tienes tiempo para pensar, si ves que la víbora te ataca lo único que haces es saltar o esquivar la mordedura, eso es instinto, en esa milésima de tiempo no existe tiempo para pensar, solo tienes un reflejo, y en ese reflejo solo actuamos, no pensamos, nos movemos, brincamos porque es una manera de sobrevivir al peligro, y en este caso lo que me hizo actuar fue acordarme de mis tiempos en mi estado natal; pero bueno, pasemos a otra cosa, ¿Qué es lo que sigue? " " bueno como nos vamos a organizar para los artículos, tu que notas vas a cubrir " " bueno a mí me gusta cubrir notas de todo tipo " " bueno, hagamos una cosa, uno de nosotros tiene que estar aquí en la tarde al final del día, estarnos comunicados por mensajes de texto o por el cell para informarnos de donde estamos y que estamos haciendo, debemos de apoyarnos mutuamente y demostrarles a los demás que si podemos apoyarnos, que si se puede trabajar en equipo, uno de nosotros tiene que estar acá para editar y pasar a redacción para que se publiquen los artículos " " bueno normalmente eso es lo que se hace, bueno, que vamos a hacer el día de hoy " " yo por lo mientras tengo que ir a presentar mis cartas credenciales y hacer unas cosas en recursos humanos, tu que harás hoy " " bueno, yo ahora mismo estoy investigando unos casos de corrupción en el IMSS, y mañana pasare a salubridad y también al ISSTE, me entro la curiosidad de ver cómo están funcionando los sistemas de seguridad social " " eso está bien, se me hace que esos serán unos buenos artículos, y que más tienes, ya tienes algo avanzado " " no aun no, pero por lo menos ya tengo los nombres de las personas con las que me debo de entrevistar " " que bien eso me parece sensacional ". Se hablaron de otros detalles y Carla salió a la calle, el subió al quinto piso donde se encontraba la oficina de recursos humanos, entrego sus documentos y bajo de nuevo a su oficina. Su jefe paso a saludarlo " ¿hola Erick como te va? " " hola que tal Jorge, como te va, estoy muy bien, estoy terminando de arreglar mis cosas, de poner algunas cosas en orden Carla ya salió, quizás yo al rato salga, hay que comenzar las tareas " " aah que bien, oye me acaba de llegar un cable, con respecto a los desvíos de fondos de PEMEX para apoyar las campañas del candidato del PRD a la gubernatura de la ciudad de México, que te parece si comienzas en eso, pensé en ti y creo sería la mejor manera de comenzar a hacer periodismo " " aah claro, déjame sacar información y enseguida me pondré a investigar eso, gracias por la confianza " " de nada, que tengas buen día" y se fue del lugar; su jefe le acaba de dar una asignación especial, así que tenía que poner lo mejor de sí. Comenzó a buscar información de todos los posibles lugares a donde tenía que ir, las personas a las que tenía que dirigirse, busco números telefónicos, ya estaba en camino a esa asignación. En el trayecto le hablo a Carla que estaba haciendo su trabajo, y quedaron que a las tres de la tarde se verían en la zona rosa, para tomar un café y ver cuál era el progreso de sus respectivos artículos. Erick estaba muy emocionado, nunca antes se había sentido tan apoyado, era como jugar al detective, era estar a la altura de las circunstancias, al menos en el periódico tenía la ayuda que antes no le habían brindado; después de hacer lo que tenía que hacer, se dirigió a la torre de PEMEX, pregunto en recepción por el director de operaciones el licenciado Mario González, sonó el teléfono y la secretaria del licenciado preguntaba por quién lo estaba esperando, Erick de manera atenta y con una sonrisa le extendió su tarjeta a la recepcionista quien le comunico a la secretaria el nombre de la persona que buscaba al licenciado, le dieron luz verde y la recepcionista le dijo; " puede pasar, al tomar el ascensor usted ira al piso seis, al salir le da a mano derecha y la tercera puerta ahí lo estará esperando la secretaria del licenciado González " " gracias es usted muy amable ", tuvo que pasar por una puerta que era similar a la que existen en algunos aeropuertos, el guardia le abrió la puerta del ascensor, en cuanto abordo el elevador, se acomodó su corbata, el elevador se abrió, salió y se dirigió a la tercera puerta, abrió la puerta y ahí estaba la secretaria del licenciado González, una señora con unos kilos de más, muy simpática, lo saludo, " señor periodista muy buenos días, dígame como puedo ayudarle " " él le extendió la mano Erick López Medina, muchos gusto del periódico el Despertar " ella le extendió la mano, parecía que no le gustaba ese tipo de situaciones, su trabajo de ella aparte de redactar papeles, concertar citas y llevarle el café al jefe también consistía en proteger a su jefe, no le gustaban del todo los periodistas, porque no era la primera vez que ella tenía que sacar las armas para los que investigan un hecho o tratan de descubrir algo, claro que ella defendería su posición, mejor aún la permanencia de su jefe ya que él era un tipo muy ocupado y confiaba ciegamente en el buen juicio de su secretaria, " Claudia Rosas, ¿asunto por el cual desea ver al licenciado? " Erick le dijo la razón, a lo que la secretaria se puso a la defensiva " no sé de donde sacaría usted esa información, pero el licenciado Gonzales en este momento no se encuentra " " y cuando lo puedo localizar " " no sé, el está muy ocupado, casi no para por acá por la oficina, pero en cuanto tenga algo para usted, yo le llamo " Erick dejo su tarjeta personal y se retiró, sabía que había algo que no estaba bien. Erick salió hacia la calle, la idea que había algo escondido en esa oficina era más que palpable, más que notable, así que de ninguna manera se dejó sorprender por la audacia de la secretaria del licenciado González ; saco su teléfono y marco un número, era de un antiguo conocido, con el que tenía una amistad muy cercana, él lo había conocido en Guerrero, cuando laboraron juntos, y sabía que su amigo tenía muy buenos contactos por lo que decidió preguntarle con respecto al licenciado González, y en efecto su amigo le confirmo que hacía unos días la contraloría le había hecho una auditoria, y que se habían descubierto algunos casos de omisión, que habían ciertas anomalías y en consecuencia de corrupción, Erick sabía que estaba en el camino correcto; no se desalentó por la actitud de la secretaria del licenciado González, busco información en los archivos de PEMEX, sabía que había algo muy grande detrás de toda esa pantalla. Se encontró que en efecto habían actos de desfalco, que habían ciertos contratos que favorecían a ciertos empresarios que eran familiares cercanos al licenciado González, también encontró que se habían firmado contratos con empresas ficticias que no existían, que ni siquiera contaban con un registro pero que figuraban como dueños de dicha empresa nombres que no eran muy conocidos, al menos no estaban registrados como ingenieros o contratistas afiliados a ninguna asociación, la tarea era aún más difícil, había que investigar los nombres y quien estaba detrás de todo esto, más el detalle no era tanto eso, si no que la manera en la que el licenciado González había firmado esos contratos, la manera en la que se había manipulado esos contratos, para que estas compañías obtuvieran esos contratos para perforación y mantenimiento de petróleos Mexicanos; esta denuncia ya se había hecho anteriormente, solo que los políticos de ese entonces no habían hecho nada, más bien hicieron caso omiso de esas denuncias, quizás porque la comisión que se encarga de vigilar ese tipo de contratos también tuviera algo que ver con ese caso de corrupción del licenciado González; Erik siguió con la línea de investigación, se dirigió a la Alameda, ya que estaba cerca de donde se reuniría con Carla, busco una banca para sentarse, saco su computadora, estuvo puliendo la nota, editando la nota, se dio cuenta que mucha gente que pasaba se lo quedaba mirando, y para no despertar los deseos de los amantes de lo ajeno se levantó y guardo su computadora portátil y se fue caminando rumbo al centro, se dirigió al café restaurant el Cardenal que estaba ubicado en avenida Madero, se metió pidió una mesa, y espero mientras llegaba la hora para poder reunirse con Carla, no había comido así que pidió un café, y abrió su computadora, comenzó a escribir más notas, puntos de vista, reflexiones y todo lo que estaba pasando en el caso de PEMEX, suena su teléfono y la llamada era de su jefe Jorge Pérez quien le llamaba para decirle que había otra línea de investigación, que había encontrado otra pista, era de otra persona que estaba dispuesta a cooperar con él, Jorge le pidió el número de esta persona y este le dio toda la información que Erick necesitaba. No tardo tiempo, no dudo en llamarlo de inmediato, no había tiempo que perder, marco el número que su jefe le había proporcionado, la voz que le contesto era una voz masculina, su nombre era Jorge Matías, y era el que le daría la entrevista al día siguiente, había que poner la hora, él considero que sería más conveniente si se veían después de mediodía, Jorge contaba con mucha información que le sería útil a Erick para su reportaje, Jorge había trabajado como su asistente del licenciado González durante el tiempo que se habían llevado esas firmas de contratos, esto fue hace dos años atrás, el sabia como estaba todo eso de los contratos y quien estaba cubriendo al licenciado González en los casos de corrupción; concertaron una cita, la cual sería al día siguiente, en un lugar cerca de la plaza de la constitución; vio su reloj y se dio cuenta que ya casi era la hora de su cita con Carla, pidió su cuenta y salió del café; sus paso eran pausados, no había prisa, estaba muy contento porque era apenas su primera asignación que le había dado su jefe y ya tenía pistas que le habían sido proporcionadas por su jefe, en realidad esas eran las armas del periodista, pistas, que se tenían que investigar para poder sacar a la luz la verdad. Sin darse cuenta ya era la hora de la cita y como un robot ya estaba en la zona rosa, se dirigieron a un café, pidieron un sándwich para ambos, aunque Erick hubiera querido comer algo mas aunque él no llevaba suficiente dinero así que decidió no pedir nada más; "hola, como te fue" "hola Carla, a mí me fue bien, pero a ti como te fue en tu investigación ", " hay como siempre pasa en nuestro México lindo y querido, los casos de corrupción están tan altos que realmente no entiendo porque la gente que tiene el poder, que sustenta el poder deciden hacer esos tipos de actos que son actos infames que van en contra de toda naturaleza, que van en contra de toda una población y realmente esto es algo que me saca fuera de contexto, estoy molesta por lo que acabo de indagar y bueno creo que va a hacer un buen reportaje, pero dime a ti como te fue? " "ooh lo mío no es para menos tiene exactamente la misma línea que tu estas investigando, solo que tu estas investigando la línea de bienestar social en lo referente a la salud y lo mío está perfilado a petróleos Mexicanos ", " ya Jorge me comento esta mañana que estabas ya en la línea de PEMEX, investigando los casos de fraude " " bueno en realidad no se sabe aún si es fraude, pero lo que si se es que él le dio los contratos a unas compañías y se presume que este recibió beneficio personal de parte de los ejecutivos que representan a dichas compañías, y eso es lo que estoy investigando, quiero llegar hasta el final y sé que esta persona va a tener que responder por eso ", "bueno tienes que andar con cuidado porque recuerda que cuando se tocan los intereses de estos políticos que tienen mucho poder, muchas veces llevamos las de perder porque ponemos la vida en riesgo a ellos no les cuesta nada pagar a alguien para que llegue, te peguen y se vallan, así que tienes que andar con mucho cuidado, debes de cuidarte las espaldas " "pues claro eso es lo que hacía halla en Guerrero y pues en verdad no tengo miedo, la verdad tiene que salir a la luz, la verdad se dará a conocer, el pueblo de México debe de saber la verdad, pero bueno, ¿quién se ira a la oficina?" " bueno, por hoy ninguno de los dos, yo ya le hable a Jorge y le dije que aún no teníamos nada, pero que mañana tendríamos algo para publicar, yo ya tengo un adelanto para mañana, ya tengo algo en borrador de lo que estoy investigando de los sindicatos " " bueno, entonces sigamos comiendo " y así lo hicieron, se comieron su sándwich, se tomaron el café, y así se les fue la tarde, llego la hora de despedirse, se verían mañana temprano en la oficina. La vida de Erick tomaba un rumbo distinto, la rutina comenzaba a ser parte de lo cotidiano, levantarse a las seis de la mañana era ya algo cotidiano, el lidiar con la gente, el tráfico, el ruido, el smog algo característico de la ciudad de México y la muchedumbre era ya parte del diario vivir de Erick. Como habían acordado él y Carla la oficina ya los esperaba, Carla le paso el borrador a Erick, " Oye, tengo que salir de prisa, contacte al secretario general del sindicato del IMMS, me estará esperando a las 9:30, con este tráfico a ver si llego, aunque creo que quizás deba de tomar el metro, o ¿como ves?" " si yo creo que a esta hora el metro es una mejor opción " "bueno, te dejo el borrador, si tienes que editar hazlo con toda confianza, aaah también checa por favor la ortografía, a estas alturas sería imperdonable que nos equivocáramos con la ortografía " " aah si claro, ve tranquila mujer, yo acá me quedo, estamos en contacto, tratare de ver si puedo arreglar la entrevista con el Lic. González, más tarde hablare con Jorge Matías para poner la hora, creo que será en la tarde, pero tranquila, ve con cuidado, estamos en contacto " se despidieron de beso en la mejilla, ella agarro sus cosas y salió de inmediato de la oficina. Erick se puso a trabajar en el borrador que Carla le había entregado, tenía que terminarlo, había que hablar para confirmar la cita y la hora; no tuvo que hacer muchos cambios, ya que noto que tanto Carla como él tenían el mismo estilo para escribir, termino el borrador final y lo mando de inmediato a edición para que fuera revisado y publicado. Tomo el teléfono y marco el número de Jorge Matías, mas este no respondió, le dejo un mensaje, le llamaría mas tarde. Su jefe se apareció por la oficina para saludarlo, "que tal Erick como te va, te sirvió la información que te mande?" "Hola Jorge, buenos días, si gracias, pero esta persona no contesto el teléfono, quedamos en que hoy haríamos la cita, solo era cuestión de poner la hora, tratare de llamarlo más tarde, le deje un mensaje, solo es cuestión de esperar " "qué bueno Erick me da gusto que las cosas estén caminando bien, y no te desesperes muchas veces así es, ponen presión sobre las personas que saben que les pueden hacer daño y los amedrentan y amenazan pero ten confianza en que el responderá a la llamada " " gracias Jorge, no hay de otra hay que seguir "; su jefe se perdió por los pasillos, y él se enfocó en el artículo que tendría que mandar para la revista para la cual también trabajaba, esta vez se enfocaba en los abusos de los sacerdotes, los casos de pedofilia, sin duda sería un artículo que quizás le costaría su trabajo, ya que en un país como México en donde casi el 80% de la población son católicos tal vez se sentirían ofendidos con el pensamiento y la crítica de Erick desde el punto de vista periodístico, los representantes de Dios estaban bajo el escrutinio de muchos que sabían de esos abusos, el caso más reciente era el del célebre sacerdote Marcial Maciel quien fuera apadrinado por el propio Juan Pablo II quien supo de estos actos malvados y malsanos del padre Maciel pero que nunca dijo e hizo nada por las cantidades de dinero que recibía a cambio de su impasividad y su silencio; sin duda sería un buen artículo, y sabia de las consecuencias ya que la iglesia tiene poder y el poder corrompe, eso lo sabía de sobra pero no tenía miedo, su filosofía era simple, bajo los rayos del sol nada se puede ocultar, sin duda era como comenzar una pelea contra un titán, un coloso como la iglesia católica, el articulo ya estaba en su fase final, y había esa sensación de que eso levantaría ámpula, en fin, se caracterizaba por dar lo mejor de sí. El timbrar del teléfono lo saco de sus pensamiento y de las cosas que estaba haciendo, era una llamada que entraba como privada, las cosas se empezaban a poner interesantes, tal como el sabia, las cosas se manejan con tanto hermetismo en una sociedad convulsionada como la nuestra, dejo que timbrara varias veces y alzo el auricular; "hola, el despertar, buenos días, le habla Erick ¿cómo le puedo asistir?" " escucha bien pendejete de mierda, no te metas donde no debes, porque te vas arrepentir" le colgaron sin darle tiempo de nada, el juego justo comenzaba, y en esa línea era en la cual a Erick le gustaba trabajar, cuando se da paso a la intimidación no cabe duda que hay gato encerrado, no cabe duda que hay caso de corrupción, no hay duda que el poder tiembla cuando se descubre la falsedad de los actos; Erick hizo una pausa, con los pies empujo su silla del escritorio y el solo se dio vuelta en ella misma, la hizo girar, hasta que se detuvo, se paró de ella, se fue a la pequeña cocina en donde había un tostador, un horno de microondas, un pequeño refrigerador y una cafetera, el café lo ponía todas las mañanas la señora Elia, la que se encarga de la limpieza, se sirvió una taza de café y regreso a su oficina, no alcanzo a escuchar el celular, era un mensaje de voz de Carla, preguntándole de si ya había editado el artículo, también le pedía que le informara con un mensaje de texto, y así lo hizo, Erick le envió el mensaje de texto diciéndole que ya

estaba en edición, que no se preocupara; volvió a
tomar el teléfono para marcarle de nuevo a Jorge
Matías. Pero al igual que la primera vez, no hubo
respuesta, no se dejó vencer, la adversidad o el
miedo cambia el estado de animo de las personas,
eso él lo sabía, ante esa situación llamo a la
secretaria del licenciado González; "buenos días,
Claudia Rosas" fue la voz de la secretaria que lo
respondió, Erick de manera atenta le pidió una cita
para ver al licenciado, a lo que ella le contesto de
forma muy déspota y grosera " mira periodista de
quinta, ya te dije que el licenciado no se encuentra
y para que dejes de estar jodiendo no te dará
entrevista, y menos a ti cabron, así que ya deja de
joder" y le colgó el teléfono, como la llamada
anterior no le dieron tiempo de reaccionar, así que
tenía que cambiar la estrategia, algo no estaba
saliendo bien, por supuesto eso no lo desmoralizaba
o le quitaba las ganas de seguir tratando, al fin y
al cabo ese era su trabajo, era su pasión, era el
comienzo, no desistió, seguía con la idea de que
estaba en el camino correcto; tomo su saco y salió a
la calle, era la hora del almuerzo, no tenía mucha
hambre, seria quizás que las dos llamadas se la
habían quitado, más se dirigió al café de la
esquina, era un lugar pequeño pero muy acogedor,
así que se sentó, pidió una torta de pierna con
quesillo y una licuado de fresa, comenzó a comer,
las ideas seguían fluyendo de su mente, tenía que
llegar al fondo de la investigación, su celular volvió
a sonar, era otra llamada privada, volvió a pensar
que sería otra llamada de intimidación, pero no, se
equivocaba, era Jorge Matías, le hablo muy

escuetamente, le dijo de manera tácita, " a las 6 en el café Tacuba" y nuevamente no le dejo tiempo para reaccionar, se encogió de hombros y siguió comiendo. En cuanto término de comer se dirigió nuevamente a su oficina, preparo su grabadora, su portafolio, y espero pacientemente a que dieran las 5 de la tarde para que saliera a su cita. Erick llego a su cita diez minutos antes, tenía esa experiencia y cuando se investiga algo del calibre del personaje en cuestión, sabe que puede a ver todo tipo de sorpresas, así que no titubeo en tomar sus precauciones, le llamo a Carla y le notifico lo de la cita, se dirigió al baño y reviso que no hubiera algo sospechoso, ya que un periodista se juega la vida como en una autopista llena de carros, la velocidad y la adrenalina rondan las venas, no hay tiempo para el titubeo, un segundo basta para morir, o para mantenerse vivo al final de la carrera; tomo asiento mirando hacia la puerta de entrada y si, justo a las seis vio entrar a un tipo muy alto, dedujo que quizás ese sería al Jorge que estaba esperando, ya que atrás de él entro un joven con pantalones de mezclilla, pero este otro venía muy bien arreglado, se puso atento, y no se equivocó, el tipo alto se dirigió hacia su mesa y cuando se iba acercando Erick se paró y le pregunto su nombre, "Jorge Matías?" a lo que el tipo extendiéndole la mano le contesto " así es, mi nombre es Jorge Matías, mucho gusto, supongo que tú eres Erick " "mucho gusto, toma asiento por favor" se sentaron a la mesa y Erick pidió al mesero se acercara para que le tomara la orden, este se apresuró y les tomo la orden; Erick trato de romper el hielo, y comenzaron a conversar, en ese momento él se dio cuenta de algo, Jorge estaba en busca de venganza, parecía que el licenciado González le había corrido por abuso de confianza, Erick trato de indagar mas pero Jorge solo se limitó a decir lo que sabía de su antiguo jefe; en efecto todo estaba bien sustentado " el licenciado González favoreció a dos empresas para la perforación de pozos y el mantenimiento de los mismo por una cantidad que ronda los $50 millones de peso Mexicanos por un lapso de tres años, lo que no se sabe o la gente no sabe es que esas empresas fueron creadas por el mismo, y los nombres de los dueños de dichas constructoras son gente de confianza de él, una de ellas está registrada a nombre de un hermano de su secretaria, y el solo recibió un pago de $10 mil pesos por prestar su nombre, su secretaria Claudia Rosas sabe todo lo relacionado a esas transacciones, de hecho el licenciado mantiene una relación de amasiato con ella" "eeeesperate tantito, con su secretaria? Es una broma, no creo que el licenciado tenga que ver con ella, no se me hace que es de su tipo" " no solo eso, ella tiene un hijo de él, pero nadie debe de saberlo, hace años ella se veía bien, solo que después de que dio a luz su cuerpo se deformo que a decir de ella por cuestiones hormonales, pero si, ella es la que administra todo, de hecho te puedo decir que tienen propiedades en Cancún, en Puerto Vallarta y en Oaxaca, las cuales no están registradas bajo su nombre, son muy vivos, son un par de buitres que están lucrando con el dinero del pueblo de México" "oye, y tu como sabes de todo esto?" Erick sintió que podía haber algo de cierto en su testimonio, pero también sabía que algunas cosas pudieran no ser ciertas por el rencor que Jorge le guardaba al licenciado González, "bueno, todos esos contratos pasaron por mis manos y yo estuve presente cuando se firmaron esos acuerdos, lo demás lo sé porque lo vi, lo escuche y algunas cosas más el licenciado me las dijo en una de las tantas parrandas que tuvimos juntos por los tugurios de la zona Rosa" al menos Jorge sabia de lo que estaba hablando, y eso le dio aún más confianza a Erick, así que antes de que este se fuera solo le dijo en tono amenazante, "si vas publicar algo publícalo bien cabrón, porque si pones algo que yo no haya dicho, te busco y te parto tu madre, aunque a mí ya me la partieron, pero me queda tiempo para rectificar, así que ya sabes", "porque te tienes que preocupar de lo que no es? Me caracterizo por ser prudente y no decir lo que no debo, más bien no decir lo que está de más,así que no te preocupes, cabrón" Erick le contesto en el mismo tono que Matías proponía, quizás esa fuera otra de las cosas que con el tiempo Erick había aprendido, no dejarse amedrentar por los tonos de voz de la gente, pueden sonar amenazantes, mas muchas veces es solo eso, si les muestras miedo, ellos se dan cuenta y entonces si te pasan la factura del miedo. Jorge Tapia se fue como llego, mas Erick estaba más que contento, tenía material de más para trabajar, solo que tenía que estar seguro de esos datos, así que su agenda la tenía llena para lo que le quedaba de la semana; termino de comer lo que había ordenado y se dio tiempo para hablarle a Carla y decirle los

pormenores, se verían temprano en la oficina; pago
la cuenta y salió del lugar, se fue a descansar a
casa, había sido un día bastante fuerte, no
quedaban más fuerzas que para sentarse a ver
cualquier programa de tv, escuchar música y
relajarse un poco, y así lo hizo, el cansancio lo
venció que no se dio cuenta a qué hora se pasaría a
la cama. El despertador fue el que lo saco del
profundo sueño, el tiempo ya se le había terminado,
al menos por esas 24 horas que tiene el día, había
que pararse, otro día mas lo esperaba; hizo lo de
siempre, y salió rumbo a la oficina, solo que como
siempre sucede en el trayecto a la oficina tuvo
contratiempo, una de las avenidas que están cerca
de la oficina presentaba tráfico, eso le preocupo,
pues solía ser una persona puntual, mas habían
cosas que se salían fuera de su alcance, tuvo que
bajarse del taxi donde iba y caminar a toda prisa,
no tuvo que caminar mucho cuando se dio cuenta del
problema del tráfico, un camión lleno de puercos se
había   volcado   y   bloqueaba   la   avenida,
"jajajajajajajaja, increíble, esto solo pasa en la
ciudad de México", se apresuró a abordar otro
taxi, después de todo no llegaría tarde; Carla ya lo
esperaba en la oficina, se sentaron juntos a la mesa,
detallaron los artículos que se iban a publicar, y así
fue. Los teléfonos de la oficina no dejaban de sonar,
había más gente que estaba interesada en la
cabeza del licenciado González, en la política como
en la guerra siempre te tienes que cuidar, nunca
sabes por dónde te llegara el golpe, lo peor para
el licenciado González era que se había destapado
la cloaca, y de ella salía un olor hediondo que olía

a corrupción, la procuraduría no dudo un momento en tomar cartas en el asunto, esto no está dentro de las expectativas del señor presidente en turno, así que había actuar con justicia y con prudencia; y así se hizo, en cosa de dos semanas ya se tenía la solicitud de aprensión del licenciado González, y en el transcurso de la misma él fue detenido y presentado a las autoridades, se detuvo también a su secretaria y los dos fueron remitidos con sentencias distintas. El trabajo periodístico de Erick había rendido frutos, y así la vida siguió su curso, cada día se iba haciendo más experto en eso de las investigaciones, y a la vez fue ganando premios, parecía que eso había pasado ayer hasta que una voz familiar lo saco de sus pensamientos; era el doctor Morales, "que tal Erick, como te sientes" "de la chingada mi doc, no sé qué es lo que me paso, porque de repente como que me hubieran dado un golpe y las cosas se me están olvidando, tengo un dolor terrible en la cabeza, ¿Qué tengo mi doc?" "mjmmmm, bueno el caso es un poco complicado" " a ver a ver, déjese de chingaderas mi doc y dígame que es lo que tengo" Erick le hablaba así al doctor Morales ya que a parte se ser su doctor era también su amigo, se conocían desde hacía un par de años, "mira tenemos que esperar por Carla, para que ella de la autorización" " aah chingaos y a Carla porque, que son esa vieja" "mira mi Erick o eres pendejo o te haces pendejo,¿ no sabes quién es Carla?, es tu vieja, buey, no te hagas pendejo" "nooo maames, de que me hablas" el doctor Morales se quedó perplejo, acaso era cierto eso de las lagunas mentales, y el tenía el presentimiento que algo malo venia en camino, pero quería estar seguro, en esos momentos se escuchó la voz de Carla, el doctor Morales al verla le hizo señas de que se esperara, pero ella hizo caso omiso y se hecho a los brazos de Erick, este al verla como que reconoció algo en ella que hizo que le correspondiera, en brazos llevaba a su niño que al verlo también se colgó del cuello de Erick, "papa, verdad que te vas a poner bien y ya podrás estar en casa con nosotros" esa vocecita lo hizo sacudirse aún más, como que la memoria le daba unos timbres eléctricos que hacían que su ser se estremeciera aún más, claro, no está en el pero en el fondo el sabía que algo estaba mal, "si hijo, muy pronto nos iremos a casa" lo miro fijamente a los ojos y Carlitos que era el nombre de su hijo le devolvió una sonrisa y se abrazó aún más fuerte a su cuello, sin quererlo algo dentro su ser se estremeció a tal grado que hiciera que de sus ojos se resbalaran de sus mejillas unas lágrimas de dolor y de impotencia; otra voz que él no conocía se unió al cuadro, era un tipo alto, con ojos de color verdes, muy amable, se presentó, "hola Erick, soy el doctor Ruiz, yo estaré a cargo de tu cirugía, señora mucho gusto" y a la vez le dio la mano a Carlitos, Erick se lo quedo mirando a los ojos y a la vez volteo a ver al doctor Morales, "no mames buey, que tengo" el doctor Ruiz se apresuró a contestarle "vera usted señor López, usted presenta una enfermedad bastante rara, es una especie de tumor, que normalmente se da en los niños, pero necesito hacer más estudios para deducir y saber con certeza que es lo que tiene, por lo mientras eso es lo que las radiografías muestran, pero considero que debemos de hacer una tomografía axial y tomar otra resonancia magnética para tener precisión de lo que realmente se debe de hacer en estos casos, pero esperamos que todo salga bien, desde mi punto de vista y de acuerdo a los síntomas que usted presenta es un tumor, pero le repito hay que hacer más estudios para determinar qué tipo de tumor tiene, y cual sería el tratamiento a seguir" "pero cuales son las expectativas que se tienen doctor" pregunto Carla un tanto angustiada, "mire, esperemos que todo salga bien, y más que nada que el señor López responda al tratamiento, más que nada debemos de atacar rápidamente con antibióticos, de ser posible administrare quimioterapia si es necesario, pero esperemos que no sea de peligro, en un momento vendrán por usted" y se dio la vuelta y se fue, quedando el doctor Morales con ellos, era un momento decisivo en su vida, jamás pensó que pudiera estar en esa situación, que era lo que estaba pasando? Era la primer pregunta que se asomaba a su cabeza, de repente parecía que todos sus recuerdos toda su vida se resumía a nada, se volvía polvo, como cuando el viento sopla levanta la hoja y la mueve de lugar, toda su vida se volvía polvo que lo mueve el viento. El camillero llego por el paciente, y tanto Carla como Carlitos y el doctor Morales, se miraron al mismo tiempo posando la mirada en Erick, "todo va a salir bien cabrón, no te preocupes, con la ayuda de Dios y las manos sabias del doctor Ruiz te pondrás bien" "eso espero buey, porque siento que ahora si me está cargando la chingada, nunca antes había sentido tanto miedo como ahora, no sé ni puta madre de tumores o de medicina, solo sé que mi cuerpo no está respondiendo bien, que a mi cabeza le pasa algo, siento que se me está llegando el día, pero ya ni pedo" Carla al escucharlo se le hecho a los brazos y lo apretaba junto a su pecho, Carlitos parado al lado de la cama como que no entendía que es lo que le estaba pasando a su papa, "confía en Dios amor, vas a salir bien, estarás dentro de poco en casa" a la vez que le daba un beso profundo que le llego hasta el alma, "mjmjjjjmmm, señores, con permiso, al señor ya lo esperan en radiología" y sin más empujo la camilla y Carla aun hizo que Carlitos besara a su papa. El doctor Morales acompaño a Carla a la sala de espera, "dime Jaime Morales, tu como médico, como amigo de la familia ¿cuál es tu percepción de lo que tiene mi marido?" " bueno veras Carla, lo que Erick tiene es un tumor, de eso no hay duda, ahora, lo poco que te puede decir que ya todo eso queda en manos del doctor Ruiz, él es el especialista, es un neurocirujano muy renombrado, fuimos compañeros de escuela, y él sabe lo que se tiene que hacer, él ya tiene conocimiento de todo, sabe de la relación que tenemos y el hará lo posible porque Erick se salve" "como que Erick se salve, me estás diciendo que hay peligro de que se muera?" " lo que estoy tratando de decirte es que su tumor es de alto riesgo y todo depende de la resistencia de su cuerpo y de cómo reaccione a el tratamiento" Carla no pudo más y se soltó a llorar, parecía que todo su mundo se derrumbaba, Carlitos al ver llorar a su mama comenzó a decir "que tienes mami, no llores mami" Carla al verlo lo abrazo y no hizo más que tratar de calmarse, el doctor Morales, la veía un tanto confuso, pues sentía que en esos momentos él les estaba fallando, pero también entendía que no era cosa de él, lamentaba no poder ayudar a los amigos, "Carla, voy a radiología, estará con mi colega, en cuanto tenga noticias te llamo, o vengo a buscarte" " cuanto tiempo va tomar eso?" Carla pregunto un tanto acongojada, " no sabría decirte cuanto tiempo, pero si sé que lo tienen que operar, te hago saber en cuanto sepa algo" y se fue de la sala perdiéndose en los pasillos del hospital. Carla se quedó con su hijo en brazos, de repente como que todo se le volvía nada, todos los sacrificios no valían de nada, hacia justo dos años atrás en la que ella había tenido problemas al dar a luz a Carlitos, su embarazo fue de alto riesgo y gracias a los cuidados de Erick, y a la atención oportuna del doctor Morales ella había pasado la prueba de fuego su hijo nació con complicaciones y ella estuvo casi en estado crítico, pues después del parto le había llegado una hemorragia que casi la pone al borde de la muerte; ahora en ese mismo hospital se encontraba su compañero, su esposo, su amigo, su colega, ya que se habían conocido hacia cinco años cuando Erick comenzó a laborar en el periódico tenían tres años de casados, más el destino se estaba ensañando con esa felicidad que ese momento parecía una utopía con sueños efímeros, sueños guajiros que no pasan de ser eso, solo sueños, lo único real era su hijo y su esposo postrado en cama, tocando las puertas de la muerte, ahora era el turno de él, ella ya se había salvado, ahora era Erick, mas Carla sabía que era un tipo aguerrido, que no se deja amedrentar por cualquier circunstancia, y confiaba en que su esposo saldría avante de esto. "Hola Carla, como esta todo?" la voz del que fuera su jefe y amigo de la familia la saco de sus pensamientos "Hola Jorge, como estas, gracias por hacer acto de presencia" " nooo cómo crees, es mi obligación estar donde mi hermano me necesite, como sigue Erick?" "se lo acaban de lleva a radiología, le van a hacer otros estudios, tiene un tumor y no sé si valla a resistir" y se echó a llorar, Jorge la miro con detenimiento " a ver mujer, espérate tantito, ¿estas llorando por esto?" le dijo mirándola fijamente a la cara, "nooo eso no está bien, pareciera que le estas dando un adiós, Erick lo que quiere en este momento es una familia que lo apoye y le mande buena vibra, sé que te duele, pero es tiempo de mostrar buena cara, así que ánimo, no te deprimas, hay que esperar hasta que los doctores den el reporte final. Hay que esperar hasta el final, espero que el responda bien, tu tranquila ánimo, no te des por vencida" y le dio un abrazo, su familia también hizo acto de presencia, su mama y su hermana estaban con ella dándole también ánimo, también llego el primo de Erick, y todos se miraban con ganas de salir de ahí, con deseos de que ese encuentro hubiera sido en otras circunstancia, pero la vida es así, el destino es así y solo queda esperar. Habían pasado ya dos horas, cuando salió el doctor Ruiz, con el doctor Morales, las caras no eran nada halagadoras, el semblante del doctor Ruiz decía mucho, Carla lo supo cuando lo vio aparecer por el pasillo, su rostro denotaba preocupación, no había una sonrisa, sabía que las cosas no estaban bien; "Carla, los resultados no salieron del todo bien" fue lo primero que dijo el doctor Morales, "Vera usted señora, los estudios arrojan lo siguiente, su esposo presenta un tumor bastante avanzado, es algo que se llama MEDUBLASTOMA, es un tipo de tumor que es más común en niños, trae riesgos, y considerando que su esposo dejar pasar mucho tiempo no hay otra cosa más que practicarle una cirugía para remover el tumor, solo que hay un alto riesgo que consiste en que se le puede presentar una hemorragia que lo puede llevar a un estado casi vegetal o que en dado caso puede perder ciertas habilidades como la perdida de la memoria o la coordinación de ciertas partes de su cuerpo, se necesita su autorización para se le haga la cirugía" "bueno, si no hay nada más que hacer, prosiga usted doctor, la salud de mi esposo y la tranquilidad de mi familia está en sus manos doctor" "bueno señora, en este tipo de situaciones yo solamente soy un instrumento que tratara de salvarle la vida a su esposo, mas no puedo prometerle, hare lo mejor que este de mi parte, puede pasar a verlo, en media hora lo trasladaremos al quirófano" se dio la vuelta y Carla se quedó impávida, el doctor Morales trato de explicarle los riesgos y todo lo que conlleva ese tipo de cirugía, "vamos a verlo, te muestro la habitación" "podemos entrar también nosotros doctor?" pregunto Jorge, "no creo, ya que solamente es permitida la entrada a dos familiares y considero que Carla y su hijo deben de estar a su lado, les repito, es una operación de alto riesgo, así que ánimo, pídanle a Dios que lo ayude y más que nada que nuestro buen amigo Erick responda de manera positiva a la operación"; llegaron a la habitación en donde ya lo estaban preparando, su rostro se veía pálido, su cara tenía otro color, sueros y jeringas colgaban de todos lados, sus brazos estaban saturados de jeringas que trataban de reanimar al enfermo, Carla lo miro con tanto amor, seria tal vez esa su ultima vez, sería que tal vez ya no lo volvería a ver, tenía miedo, y era un miedo cargado de impotencia y dolor, Carlitos la miraba con rostro desencajado "porque tiene todo eso mi papi, mami" pregunto Carlitos, Carla no pudo más y se soltó a llorar, su llanto venia de dentro del alma, salía desde el fondo del corazón, ver a su otra mitad en un lecho casi de muerte no era alentador, no sabía si podía soportar eso, un golpe como esos estaba siendo devastador en el ánimo de Carla, le agarro la mano a Erick, la apretó junto su pecho y con amor le susurró al oído "tienes que pelear mi amor, la vida nos espera, Carlitos te espera, tu familia te necesita, nunca te has dado por vencido, lucha mi amor, lucha por tu vida, sálvate, tu puedes" al tiempo que el doctor Ruiz le tocaba el hombro, "señora, ya casi es hora, le presento a mi colega el doctor Daniel Fernández, él es neuropatólogo y estará conmigo en la cirugía" "señora, mucho gusto, espero que su esposo responda bien a la cirugía, todo está en las manos de Dios, nosotros haremos lo posible porque todo salga bien" una de las enfermeras se acercó a Carla dándole unos papeles en donde ella daba el consentimiento legal para que se llevara a cabo la cirugía, Carla los firmo y el doctor Morales nuevamente le dijo "ahora sí solo queda esperar, recen para que todo salga bien" Carla se despidió de Erick, le dio un beso cargado de emoción que hasta ese punto no sabía si Erick lo había sentido, Carlitos igual le dio un beso a su papa, y salieron a esperar. Las caras de todos eran de desencanto, no había que celebrar nada, no había que festejar nada, en un hospital pocas veces se celebra la vida, por lo regular es la muerte la que ronda, son tantas las enfermedades y cientos los pacientes que logran sobrevivir al cáncer, la vida pocas veces en una situación como esta te da la oportunidad de celebrar nupcias, más bien la muerte es la que casi siempre está de fiesta, mas Carla en el fondo sabía que la muerte es parte de la vida y viceversa, no había nada más que esperar; los doctores que iban a operar habían dicho que la cirugía tomaría entre una hora y dos horas, dependiendo de la fortaleza del paciente, en si no era nada alentador, mas había que esperar. Carla estaba muy preocupada, nunca antes pensó que el destino la pondría ante esa disyuntiva, pero como siempre pasa la vida es eso, son subidas y bajadas y casi siempre las cosas pasan por algo de eso no hay duda, solo que le preocupaba estar sola sin su compañero de parranda, de cafés, de charlas largas, de pláticas interesante, le atemorizaba sentirse sola y se preguntaba así misma con quien conversar si él se me va, una buena charla, un buen debate, las reuniones familiares, el trabajo, el ver crecer a Carlitos, que será de mi sin ti se preguntaba en silencio, algo bueno debe salir de todo esto, no sé si voy a soportar, se decía a sí misma, en algunas de sus pláticas habían platicado acerca de la muerte, y la conclusión era que si alguno de los dos faltaba el otro haría lo posible por sacar avante el hogar, se habían dicho que dejarían pasar un tiempo prudente para volver a rehacer sus vidas, pues vivir en soledad no es nada bueno, más en estos tiempo modernos en donde todo puede pasar es preciso tener a alguien al lado que te de apoyo, eso Carla lo sabía muy bien, más en ese momento lo que quería era que Erick saliera muy bien de la cirugía, no tenía mente para otra cosa más solo le pedía a Dios que salvara a su esposo, a su compañero, y poder cuidarlo en casa, mantenerse como familia. Adentro los galenos luchaban para poder sostener el ritmo cardiaco de Erick su pulso sanguíneo estaba decreciendo, las cosas se ponían un poco difícil en la sala de cirugía, el tumor ya había sido removido más un sangrado los puso tensos, los tenia tensos y es lo peor que le puede pasar a un médico, dejar que un paciente quede en la plancha, la hemorragia no se podía detener, Erick comenzó a convulsionarse, el doctor Fernández le decía al doctor Ruiz " se nos va" y al decir esto a Erick le salían dos lágrimas de sus ojos, sería que quizás con esas lagrimas se despedía, la vida se le iba en un minuto, sería que quizás con esas lagrimas le pedía al ser supremo por su alma y a la vez quizás pedía que cuidara a su familia; la vida se le iba, y en efecto se le fue. El vip de la maquina se paró, quedo en cero, los médicos no pudieron hacer nada, solo el rostro del desencanto, "se hizo lo que se pudo" dijo el doctor Ruiz quien fue el primero en salir de quirófano para decirle al doctor Martínez que el paciente no había aguantado, "se nos fue, no pudimos hacer nada, una hemorragia lo detuvo en seco, lo lamento" el doctor Martínez se quedó impávido, pero tenía que darle la noticia a la familia, no era tarea fácil, máxime que acababa de perder también al amigo, su ser se estremeció, y se sentó para llorar por el muerto, estaba triste y era su obligación salir y decirle a la familia; el doctor Ruiz lo saco de su empecinamiento, "vamos, tenemos que decirle a la familia, no podemos esperar" y así, los dos salieron al pasillo donde Carla ya los esperaba; no tardo en percatarse que la noticia no era buena, al ver el rostro desencajado del doctor Morales lo decía todo, no pudo más y se echó a llorar "no me digan, no me digan, ¿se fue? Eso es, se fue, verdad, noooooo Dioooooss noooo" el doctor Ruiz la agarro del brazo al tiempo que su mamá de Carla se ponía del otro lado con lágrimas en los ojos, "se hizo lo posible por salvarlo, pero una hemorragia nos ganó la carrera, lo siento mucho señora". Carla no pudo más, se desmayó, tuvieron que asistirla en ese momento, los amigos y familiares que estaban a su lado se vieron desencajados, Carlitos lloraba al ver a su madre llorar; la mamá de Carla se dirigió al Dr. Morales; "por favor Jaime, hazte cargo del cuerpo, para que nos digan a qué hora lo podemos recoger para llevarlo a la funeraria" "claro que si doña Ester, yo me encargo de eso, no se preocupe". Carla ya estaba en casa, su madre se había encargado de llamar a la familia de Erick en Guerrero, en realidad solo su papa de Erick le sobrevivía, su madre había muerto hacia cosa de cinco años de una hernia Hiatal, y solo su papa y una hermana le sobrevivían que no tardarían en llegar a la casa de su nuera, aunque el señor Cleto López reclamaba el cuerpo de su hijo, y Carla como esposa decidió que su esposo se cremaría y sus cenizas serian depositadas en un nicho, en la iglesia del sagrado corazón de Jesús que fue donde se habían casado, y era el lugar que habían decido para los dos.

Eran las diez de la mañana, cuando se realizó la misa de cuerpo presente, y si, ahí estaban todos los amigos de Erick, del Guerrerense, del periodista, del amigo, del esposo, del jefe, su padre lloraba en silencio, su hermana se cubría los ojos con unos anteojos oscuros, se iba su hermano, que triste realidad, pero si, ahí estaban todos, lloraban con rostros desencajados, había tristeza en la cara de todos, más en el corazón de Carla quedaba esa sonrisa par el final, el llanto ya se le había agotado, era su turno de hablar, de decirle a todo el mundo lo que en su pecho había, lo que el tiempo le había dejado; "antes que nada quiero agradecer a todos ustedes que se encuentran aquí, este es un momento que esperaba, no en estas circunstancias pero si lo esperaba, alguna vez charlando con Erick acerca de la muerte nos dijimos el uno al otro que sería lo que diríamos si alguno de los dos faltaba, nunca pensé que fuera ser yo quien diría las cosas, pero me siento llena de vida, y es por eso que me dirijo a ustedes, a mi familia, a mis amigos, cuando conocí a Erick vi en el a un gran periodista, vi en el a un gran amigo y no me equivoque, tuve a un gran amante, a un gran amigo, a un gran esposo, a un gran padre, a un gran jefe, a un gran líder, ya que el día que el enfermo, todo fue de repente, estábamos celebrando su ascenso en el periódico, lo acaban de promover como jefe de departamento, Erick fue un tipo que siempre busco su verdad, que lucho por causas justas, que fue justo consigo mismo, que arriesgo su vida por darle al pueblo de México una nota periodística llena de controversia y verdad, a mi esposo las tentaciones del dinero nunca lo compraron, hizo su trabajo siempre con convicción, ahora, puedo decir que no me equivoque, que fui muy feliz en este corto tiempo y que la vida me premio al darme una hogar y un hijo por el cual debo de velar, sé que si tu estuvieras amor mío harías lo mismo, solo quiero decir Erick te amo, siempre te amare, te llevas parte de mí, pero te quedas conmigo, en mi alma, en mi corazón, en mis pensamientos, en la sonrisa de nuestro hijo, te amo" y se aferró al féretro. Los rostros se apagaron, llego la hora de cremarlo, de todo lo vivido en los últimos cinco años solamente quedaban las cenizas, algo que el tiempo se había llevado, en cenizas se resumía la vida de un hombre que amo al periodismo, que busco la verdad, que amo con pasión, al final de cuentas perdía la batalla contra el cáncer, el cual con violencia le arrebato la vida, menos mal, había sido eso y no la violencia que es cosa de todos los días, la violencia creada por los grupos delictivos del México moderno, la violencia que mata a quemarropa y que al ser periodista no es garantía de que vivirás, más bien es una sentencia de muerte cuando está de por medio la

veracidad de las cosas; la vida seguiría quizás más
difícil para el que se queda que para el que se va,
se apagaba una luz del periodismo, se apagaba
una voz que siempre fue parte de una veracidad,
que fue parte de un paisaje tan convulsionado por
actos trágicos, adiós Erick Anacleto López, descansa
en paz, tus amigos y tu familia siempre te recordara
con amor y con cariño, descansa en paz.

TAPANA DE MIS RECUERDOS

Nací en el año de 1969, en un poblado llamado San pedro Tapanatepec, municipio de Juchitán en el estado de Oaxaca, mi abuela me decía que nací algo así como a las doce del medio día, y que la autora de mis días no tuvo ninguna complicación al yo nacer, bueno, al menos eso era lo que me decía la mujer que guío mis pasos, mi abuela materna, a la que todo el tiempo llame mamá, mi amá (que era como yo la llamaba y era una forma corta de decir mamá) llevaba el nombre de Lesvia López Manzo, no sé en realidad en que año nació ella, pero poco hablaba de sí misma pues no tenía tiempo para eso, ella nos crió a todos nosotros, debo decir que éramos cuatro hermanos de los cuales yo soy el mayor, y digo éramos porque desafortunadamente dos de ellos ya fallecieron porque el destino así lo quiso, o tal vez porque ellos así lo quisieron o quizás porque no tuvieron quién los guiara por el buen camino, ellos eran Ramón y Daniel, a Ramón le decíamos "monchis", "él era el que me seguía nos llevábamos 6 años de edad, enseguida nació Anahí, y el menor era Daniel a quien muchos lo conocían como "pijupi", todos nosotros fuimos engendrados por diferentes hombres, mi ama me decía que yo era hijo legitimo pues mi madre biológica la cual se llama Elsa se casó por los civil con mi padre José Franco Rodríguez Herrera, al que solo conocía por una foto que me dieron cuando yo era pequeño, en fin de mi padre nunca supe nada, solo lo que las gentes que lo conocieron, mis tíos y mi ama decían acerca de él, sabía que era un mecánico de oficio, y que le ese seño el arte de la electro mecánica a un tipo al cual conozco por el mote del bigote, y sé que este señor es hoy mecánico que de alguna manera aprendió del arte de la electromecánica que mi progenitor le enseñara pero en fin, nunca me interesó saber más acerca de mi padre biológico, quizás porque al lado de mi ama yo me sentía protegido. También debo decir que mi madre tuvo cuatro hijos, mi tío Rigoberto (que es el mayor), Elsa (mi madre biológica) y mis tías Magnolia y Margarita (gemelas). Como decía al principio mis andanzas comenzaron en ese pueblito pequeño al que toda la gente conocía por Tápana, yo viví por casi 17 años en la misma casa, en la calle Martín Meléndez número 63, recuerdo que mi calle estaba empedrada, bueno, de hecho casi todas las calles de Tápana estaban empedradas, y recuerdo que cuando llovía era un espectáculo el correr por las calles y acostarse en medio de la calle, pararse debajo de las goteras en especial, en la casa de mis vecinos, del señor Gilberto Meléndez, hermano de tío Chema Meléndez recuerdo que las goteras de su casa tenían una forma de elefante, y obvio de esa casa caía el chorro de agua más fuerte, jugar al barquito de papel después que paraba la lluvia era una de tantas cosas que hacía con mis vecinos, en ocasiones era maravilloso ver como se formaba el arco iris, era mágico el escuchar los truenos en el cielo, era una experiencia que solo sé que viví en ese momento.

Hey "verga", adios "verga" ora "verga" pa onde vas "verga" buenas tarde, días, o noches para todo la palabra "verga" se volvió parte del vocablo del Tapanero, aunque la definición de la palabra misma es distinta de lo que muchos creen, esto es en el sentido figurado, empero esa palabra se volvió parte del vocablo de los que ahí nacimos,. Tápana como es mejor conocido está formado por barrios, el barrio la Unidad es donde quedaba la secundaria estaba pegado al barrio Cantarranas donde estaba el campo donde yo corría por las tardes, el barrio la hormiga es donde quedaba la gasolinera y el COBAO o Colegio de Bachilleres del estado de Oaxaca plantel 9, el barrio 21 de marzo rumbo a Chahuites donde también había un campo para jugar beisbol, de hecho en ese campo se hacían torneos de beisbol donde se invitaba a los pueblos circunvecinos a participar y recuerdo que Eddie López era uno de los que promovían los eventos junto con Israel Antonio, del otro lado del río estaba el barrio Galeana en donde se daban en grandes cantidades los ciruelos de toda tipo, y en el centro estaba el barrio de las Flores de donde yo provengo, la calle donde yo nací la recuerdo como era, de tierra, no estaba pavimentada, más bien todas las calles eran así, recuerdo que en la calle Benito Juárez habían tramos en donde era de piedra, y para mí eso era muy bonito, recuerdo que el rio era muy frondoso, el agua era clara, para pasar al barrio Galeana, el paso más común era la Peñita y la zona del embarcadero o rastro municipal, si pasabas por la Peñita, era obligado darte un chapuzón en ese lugar, o subirte al árbol de capul que estaba en la parte de arriba y casi daba al patio de la casa de Tía Leo, también recuerdo que había un pozo en medio del rio, era también agradable escuchar al loro de Irene, escuchar a las cotorritas que se paraban en toda esa orilla donde había mucho árbol de tamarindo y uno que otro de mango, recuerdo también que había un camino de carreta que salía precisamente del rastro y terminaba por el lado de la casa de Vicente Díaz y de la casa de RL (que por cierto no recuerdo su nombre), si se seguía rio arriba recuerdo muy bien los guayabos que le decían, y por cierto en ese lugar habían unas piedras muy grandes que a mí me parecían muy impresionantes. La iglesia no era como la de ahora, recuerdo que un diluvio derrumbo lo que ahora es la parte de enfrente y que posteriormente se tuvo que renovar con los fondos del patronato de la iglesia; quien no recuerda a tío Lidio Ramos, quien fuera desde siempre el sacristán de la iglesia y hablando de personas se asoman a mi memoria los viejos de antes que por cierto ya no se hacen como antes, recuerdo a tía Rómula, a tía Minga y tío Félix, a tía Lalia que hacia una retretas para recolectar fondos para la fiesta de la Santa Cruz, tía Pora, Esperanza Meza, tía Neta, tío Gilberto y tía Chinda, tío Chato y tía Juana, don Juan Villalobos y tía Laura, doña Chila Cabrera, don Chillo y don Casto Cabrera, don Enrique y doña Tita que fueron los que tenían la farmacia San Pedro, don Neto Martínez que tenía la tienda la Casa del pueblo y la caseta telefónica, los Nivon, que por cierto cuenta la gente del pueblo que fue unas de las familias más ricas, que en su casa solían asolear la plata los Valdivieso, tía Lipa, mi bisabuela Paula Manzo era una de las rezadoras del pueblo, tía Nila, tía Tey Santiago y su esposo Fidel, al que por cierto le gustaba mucho fumar su puro "el jarro" quien tenía un billar y tantas gentes que faltan por nombrar, mas hay algo que nunca entendí cuando niño, porque les decíamos tías o tíos; deduzco que era porque de esa forma les mostrabas respeto como si fueran de tu familia. Por cierto a donde estaba la peluquería castillo era el lugar del cine Luisito y recuerdo que no tenía bancas, había que llevar en donde sentarte o buscabas un tabique o un ladrillo para tal efecto, pero lo que más me asombraba como reaccionábamos cuando se iba el sonido, comenzábamos a silbar o a decir "oooora veeergas" y no faltaba quien comenzaba a tirarle piedras a las bocinas, que había que parar la función que por cierto eran películas de estreno que llegaban tres o cinco años después que realmente se habían estrenado pero que para los que ahí vivíamos era cosa de agrado claro que no debo de olvidar a los "Hungaros" que eran gente de tez clara y altos que llegaban a dar función de cine y sus mujeres se encargaban de leerte la mano y de decirte la buena suerte, y ya después llego el cine Juárez de Cayey y con ello las vendedoras de antojitos de esa época. Habían tres molineros que eran Aníbal, Melito y Berna, recuerdo que a las cuatro de la mañana ya había gente esperando porque el molino se abriera, esto era en el molino de Melito ya que en el de Aníbal se comenzaba más tarde y daba servicio a los vecinos del barrio Cantarrana, y el de Berna daba servicio a las familias del barrio 21 de marzo, también recuerdo que justo en esa calle se podían observar restos de tumbas abandonadas y que a decir de los pobladores de ahí ese fue el lugar del panteón original y que daba miedo pasar de noche por esa calle porque se veían cosas malas a decir de tía Lena de Gives viuda de Sibaja (como le gustaba a ella que la llamaran). Los vecinos de mi barrio quizás se acuerden que cuando íbamos a la escuela don Juan Villalobos nos ponía canciones infantiles en su aparato de sonido y era bonito ver a la gente caminando por las calles, mis recuerdos me llevan también al primer lugar que me hizo abrir mi mundo, mi imaginación y mi conocimiento, el jardín de niños "María Elena Chanes" y mi maestra fue María Luisa De los Santos, cuántos de nosotros no pasamos por ahí; también recuerdo que la escuela primaria a la que yo asistí los primeros años fue la "José María Morelos y Pavón" y recuerdo que los salones eran de adobe y los techos de tejas como los techos de la mayoría de las casas y que cuando vino un diluvio varias aulas se vinieron abajo y hubo necesidad de reubicarnos en el barrio Galeana, termine mis estudios de primaria en la escuela Benito Juárez que esta ubicada en el barrio Cantarrana y mi mentor fue Delfino Robles Aquino a quien recuerdo muy bien ya que era un maestro que realmente se preocupaba porque los alumnos aprendiéramos bien lo que se nos enseñaba, quizás muchos de mi generación se acuerden de él. La secundaria técnica número trece era originalmente la ETA, que significaba escuela tecnológica agropecuaria número 154 y que mis tías fueron parte de ese grupo de egresados. Cada día primero de junio se llevaba a cabo la lavada del patrón del pueblo, de San Pedro Apóstol y era un espectáculo ver la cantidad de gente que nos visitaban y muchos de ellos pernoctaban en el corredor en la parte de la casa de Neto Martínez, recuerdo que a mí me encantaba ir a la casa del mayordomo en turno sobre todo porque el preparar esa fiesta era significado de mucho trabajo, la gente cooperaba, se daba el "tequio", recuerdo el pito y el tambor que tocaban toda la noche, la banda de música, la hechura de las velas que se ocuparían para el paseo de la ropa del santo patrón, también recuerdo que el paseo era con carretas, gente a caballo y los carros alegóricos eran contados con los dedos de la mano. A finales de junio era la feria del pueblo y muchos de nosotros esperábamos con ansias los juegos mecánicos y los puestos de las vendimias que se ubicaban en el parque central y las calles circunvecinas. Las fiestas eran amenizadas por la marimba del "Chato" a quien por cierto recuerdo con mucho cariño pues aparte de que era mi vecino, era el abuelo de mis amigos de infancia y a propósito él era un músico que estaba ciego no veía, pero tocaba muy bien el bajo, por cierto hay una anécdota de el "Chato" quien al estar practicando con su grupo le dijo al gran Vicente Díaz, "vamos a tocar ahora te regalo yo mis ojos" y el gran Chente al escuchar eso le contesto " y pa que la verga los quiero si ni a ti te sirven", es una anécdota que mucha gente recuerda y les causa risa; también estaba la marimba de Efrén Parrazales, con el tiempo se formó la agrupación musical de Don Luis "cachomocho" que si bien recuerdo tenía a su cargo la distribución de los refresco Orange Crush y los refrescos Titan; por supuesto que venían agrupaciones musicales de afuera que amenizaban las fiestas. El parque central era de ladillo y recuerdo que había un pozo de agua en el parque, a un costado del parque estaba la caseta de Coro que vendía licuados y aguas frescas y que después llego el "Mixteco" Emigdio Avendaño a vender sus nieves. En suma Tápana a cambiado demasiado, casi todas las calles están pavimentadas, los viejos de antes ya se nos adelantaron y nosotros los que aun estamos recordamos con nostalgia aquello que el tiempo se llevo, pero si, aun me acuerdo de ti, Tápana de mis recuerdos y sé que faltaron muchas gentes pero están en mi inventario mental de un Tápana que existe y no deja de respirar a pesar de los años que le acompañan.

COSAS Y CASOS

"Hoooooora verga, boca de cartera sin guelto" quizás alguno de ustedes se acuerden de quien era esa frase muy conocida en el Tápana de nuestros tiempos, o que me dicen de esta "Noo valeee peeena, quierees, poquito" o aquella cuando alguien le preguntaba a dónde vas a este personaje y el contestaba "feta, mimin, mama" que lo que quería decir en realidad que iba a la fiesta, al trajín, a la caguama; o de aquella señora que vendía en el mercado y que le preguntaban cuánto pesa eso, y como al principio ella no tenía bascula para pesar decía "de a peso el vergazo, de a peso el vergazo" y que me dicen del gran maestro que decía "qué clase de verga es este" o tal vez también se acuerden del personaje que vendía raspados y decía "raspados compache" o aquel otro que solía tocar en los centros de convivencia para los adultos, tenía su trió y decía "vee aaah bueno", o el de que vendía nieve y decía "ñeve ñeve" en realidad son muchos los personajes que alumbraron y deambularon las calles de un Tápana cien por ciento manguero, muchos dicen que es la tierra del mango y quizás lo sea aunque debo reconocer que en otros estados como Nayarit o el Veracruz de Lara también se dan los mangos, empero la temporada del mango era la temporada fuerte, era el tiempo en que los residentes teníamos para trabajar y por ende había una fluidez de dinero y claro no solo era el mango lo que daba sustento al pueblo sino que también había producción de sandía, de melón, de tamarindo y por supuesto el maíz, el frijol y las calabazas formaban parte de los productos que la madre tierra nos daba; y pasada la cosecha había que esperar a las fiestas del pueblo, las fiestas de junio, los que éramos chamacos esperábamos por los juegos mecánicos, por las vendedoras de nanchi o ciruelos curtidos y que decir de las frutas secas, y todos los antojitos típicos de la región como las empanadas, las garnachas, las tlayudas que son en realidad algo típico de Oaxaca, los tacos y claro sin faltar los tamales de iguana, del pite de elote, de los tamales de chipilín o los betabinguies, que en nada se comparan a los que hacia tía Arsenia, o que me dicen de los dulces de muéganos o las hojaldras que vendía tía Luz de tío Pablo o Minga Maya, o tía Quela de tío Mino, bueno eran tantas las cosas en el arte culinario que ya hasta me está dando hambre; nos gustaba ir a la par en el paseo de la fiesta, ya que lo que muchos buscábamos eran los regalos que tiraban los que formaban parte de ese paseo, era y es un regocijo ver a las capitanas, los carros alegóricos y los caballos que formaban parte del paseo, aaaah pero los que más nos gustaba eran las toreadas, ver como se hacía el corral y si no mal recuerdo a un lado del casino había un lote vacío, al lado de la casa de Ovidio Estudillo donde se hacían las toreadas, aunque ya después cambiaban de locación y nunca supe si era decisión del mayordomo o de la junta de festejos del pueblo; para los adultos o aquellos que andaban en pos de la novia era menester asistir al baile de gala que era amenizada por un grupo musical y que se llevaba a cabo en la casa de la mayordoma o en el casino municipal al cual por cierto le tocaron los embates de una mujer muy dura y despiadada con los Tapaneros llamada "Herminia" (y me refiero al huracán que destruyo medio Tápana), pero qué tiempos aquellos; también debo decir que los chamacos de mi tiempo, de mi generación nos entreteníamos en cosas distintas a las de hoy, ya que por ejemplo nos gustaban los eventos deportivos que se llevaban a cabo en el campo del barrio "Cantarranas" o que me dicen de los torneos de beisbol llanero que se efectuaban en un campo a un costado de la gasolinera la hormiga, a espaldas de las casetas donde vendían sus productos las locatarias del lugar, o los que vivíamos en el barrio de las "Flores" nos juntábamos en el "campito" de tío Félix Moscoso y nos dábamos tiempo para echarnos una "cascarita de futbol"; en las noches o en las tardes después de asistir a la escuela era muy grato juntarnos y jugar con lo que tuviéramos disponible, por ejemplo quien no hacia su rehilete con los botes de cloro que eran color verde, o que me dicen del aro y el cincho que tenía una forma de u y que nos gustaba rodar por las calles, mejor aun que me dicen de las llantas de los carros, a veces era jugar a la pared con monedas, si caías al chocar la moneda con la pared junto a tu adversario y media la cuarta de tu mano, ya ganabas, o que me dicen de los juegos de trompos donde el que tenía más tino ganaba y como decíamos "bequiaba" el trompo perdedor, este juego era muy divertido sobre todo por los términos que se usaban, por ejemplo "matoyo" o cuando el trompo brincaba mucho solíamos decir esta "chicharrenque", he buscado el significado en el diccionario y he notado que estos términos no existen,(aunque no dudo que mi diccionario este ya obsoleto) lo que significa que es un vocabulario propio del Tapanero; en tiempos cuando hacia norte o viento era preciso hacer sus papelotes de papel china lleno de colores para aquellos que podían comprarlo y de papel periódico para aquellos que solo contábamos con el hilo que le agarrábamos prestado a nuestra abuela, unas varitas de palmera de coco y la imaginación de un piloto aviador para volar nuestros papelotes en descampado o en el techo de nuestras casas; muchos de nosotros limpiábamos las latas de sardinas y pretendíamos que era la carreta y dos botellas de cerveza con una vara hacían la de los bueyes, y que me dicen cuando era tiempo de lluvia, ¿quién no hacia barquitos de papel? ¿Quién no salía y se ponía bajo las goteras o los chorros de agua que caían del techo de las casas?, los vecinos de mi barrio solíamos juntarnos en la esquina de la tienda "La Popular" que era propiedad de doña Laura y don Juan Villalobos el cual por cierto nos servía de réferi cada vez que jugamos al bote, ya que a veces no faltaba uno que otro malvado que tirara el bote más lejos el cual estaba llena de piedritas y sonaba como si fuera una sonaja, y al que le tocaba buscar no le gustaba así que don Juan se encargaba de tirar el bote y los demás corríamos a escondernos y como siempre pasaba que no había quien se rajara y el juego se terminaba, eran muy placenteros aquellos tiempos y para ser honesto considero que eran tiempos más bonitos comparados con los que hoy tenemos ya que antes para jugar cualquier juego era muy bueno tener imaginación, eso era todo lo que se necesitaba, tener imaginación y compartir con los vecinos o los amigos de infancia, al recordar todos estos momentos me llena de alegría que soy de otra generación, de otro tiempo, ya que antes la tecnología no estaba tan arraigada como lo está hoy en día, con eso de las tabletas electrónicas o las computadoras, o teléfonos que te sirven para hacer todo, noo eso no era así, al menos a nuestra generación todavía nos tocó ir a la biblioteca y abrir los libros y buscar toda la información que los maestros nos pedían, hoy es mucho más fácil y por ende todo es más cómodo de ahí que piense que hasta para escribir a nosotros se nos enseñó de otra manera, caray como olvidar a nuestros maestros de primaria, que nos ponían a hacer planas de la misma palabra cada vez que nos equivocábamos, y hay de aquel que le faltara el respeto al maestro porque nos iba como en la feria de junio, y volviendo a las fiestas me acuerdo de un gran músico que tocaba la trompeta y que la mayoría de la gente lo conocía como "Lupe López" en honor a un músico que en efecto tocaba el mismo instrumento. A decir verdad antes era más bonito, recuerdo los tiempos de las cascaroneadas, era sano divertirse comprando los huevos llenos de confeti o que tenían agua de colonia, o olían a perfume, aunque después esto se cambió por bolsas de plástico y como que después de eso se rompió del encanto de lo que eran esas temporadas; en fin en Tápana de mis recuerdos se suscitaban y se siguen suscitando cosas, mas como decía el gran Hebert Rasgado en su canción "Guendanabani", nada nos llevaremos, solo los recuerdos de aquella época que a mí me tocó vivir, pero como siempre digo los tiempos de antes fueron mejores.

Pero volviendo a los recuerdos me viene a la mente como para vender sus productos las personas solían anunciarse, a ver si se acuerdan, " se avisa al pueblo en general que en la casa de la señora....." y se decía el nombre de la persona, las que más recuerdo es a tía Dominga Sibaja, a tía Luisa de tío Melchor y a la señora Candelaria López, había una en el barrio las flores y otra en el barrio cantarranas, el de las flores pertenecía a don Juan Villalobos y el de cantarrana pertenecía a Juan Montoya que por cierto tenía una cantina que se llamaba "salón Veracruz", así como tampoco debo de olvidar al aparato de doña Laura Carrasco, para vender, anunciar o felicitar era preciso pagar para que te pasaran el anuncio, en realidad para mí era el periódico del pueblo, de esa manera todo se sabía, quién cumplía años, quien se casaba y quien se moría y era curioso pero para cada evento a anunciar había un tema, lo mismo que para las felicitaciones de cumple años, aaaah pero que me dicen de las felicitaciones personales, yo lo recuerdo bien porque en la propiedad que ahora es "la micro de Tápana" estaba la cantina las "Piñatas" de Chana Morales y los que ahí asistían a alegrar su sábado o su domingo (en especial los señores) y al calor de las cervezas en complicidad con el calor tropical mandaban a poner canciones en el aparato de sonido, de ahí quizás que me agrade la música de tríos y la música ranchera; había un personaje que se felicitaba a si mismo o que se saludaba así mismo, recuerdo que el mensaje era " un amigo le dedica esta canción a otro amigo" o el que decía "de A M para Ángel Moscoso" lo curioso era que no había nadie más que él de ahí que se me hacía muy chistoso y muy original aunque sabrán que no faltaba alguien que le hiciera burla, en fin esa parte se me hacía muy propia de un pueblo que para muchos está en el olvido más siento que no es así, solo es que aquellos que tendrían que hacer su trabajo no lo han hecho del todo bien, más cuando escucho que se habla de retraso siento que no es así, existen pueblos coloniales como un Dolores Hidalgo o un San Miguel de Allende o que me dicen de Zacatecas o de Querétaro o un mismo San Cristóbal de las casas en Chiapas que se me hacen precioso ya que sus calles son como las eran las de mi Tápana de mis recuerdos, de aquí quizás el ímpetu del gobierno federal de mantener estos pueblos como patrimonios culturales, la belleza esta en ello, caminar por las calles de un Oaxaca es de gran agrado para el turista nacional y qué decir del internacional, en fin las cosas han cambiado los aparatos de sonido desaparecieron para darle paso a la radio digital, ahora para anunciar cualquier cosa es preciso hacerlo por la radio y es bueno; radio impacto sin duda abre una brecha más para que se siga avanzando para el progreso aunque aún queda el aparato de sonido móvil que anda recorriendo las calles de un Tápana tan viejo y que revive en los corazones de aquellos que añoramos el regreso. En la cuestión cultural debo de hacer mención especial al grupo ASTECA, que es la Asociación Tapanense Estudiantil Campesino del Istmo; este grupo de jóvenes que estaba integrado por Juan Gutiérrez, Miguel Ángel Fernández, Andrés Ricoy, Javier Candelaria, Alfredo Varela, Carlos Díaz Castillo, Piedad Estudillo, Graciela y Cecilia Moreno, Fidencio Díaz (hijo), Ramón Aquino y otros que tal vez escapen a mi memoria, ellos como los jóvenes de ahora se preocuparon por darle a Tápana un sentido más social, es decir, agrupar, invitar a los jóvenes a participar en sus actividades, recuerdo que en diciembre ellos se encargaban de realizar torneos de básquetbol, de vóleibol, carreras de atletismo y torneos de futbol en el campo cantarranas, recuerdo también que hicieron algo que ellos llamaron el kilómetro del libro, y consistía en que cada Tapanero tenía que donar un libro para hacer más grande el acervo de la lectura en la biblioteca municipal que estaba justo al lado de la presidencia municipal, por supuesto, no era obligatorio sin embargo se hacia la invitación al pueblo en general para que participaran al engrandecimiento de la lectura por parte de aquellos que nos gustaba estar en el estudio, claro, estudiar en aquellos tiempos no era opcional, era obligatorio, y que me dicen de los concursos de dibujo, a muchos de nosotros nos encantaba participar porque nos daban el papel, los colores y teníamos dos horas para crear los más bellos paisajes u obras de arte que nuestra imaginación pudiera crear y esperar a ver quién era el ganador de dicho concurso, claro está reconozco que no gane, más fue grato en ese momento participar y estar en ese grupo de inquietos jóvenes que nos gustaba estar en activo. Las cosas eran tan bonitas y más cuando recuerdo a las locatarias del mercado municipal que se encontraba en la parte de abajo de la presidencia municipal, por cierto en esos tiempos los carniceros destazaban las reses ahí mismo, el ver como cortaban la cecina, era algo muy bonito, las únicas tiendas que abrían a las 5 de la madrugada eran las de David Ríos y la de tía Fina Manzo, las que vendían vegetales, y demás comestibles hacían su arribo a la misma hora, era grato ver a Mine, a Luvía Vignahum, Rebeca y Luvia Antonio, tía Adela, a mi abuela Lesvia López, a las vendedoras de frito, de carne de puerco, a las vendedoras de pollo, el mercado tomaba vida a eso de las seis de la mañana, ya que era la hora cuando hacían su entrada las demás vendedoras, caray como no acordarme de Elevidia con su leche arroz, a doña María García que le ofrecía siempre sus gelatinas al gran Sergio Meléndez mejor conocido como "carcacha" siempre le gritaba, "que vas a llevar carcacha, que vas a llevar carcacha" en el tono muy peculiar que solo los del istmo tienen para hablar, ya que ella era originaria de San Blas Atempa sin embargo se quedó en Tápana, a tía Lena con su pan, a tía Nila de tío Juan, a tía Quela, a las vende pite, a las tamaleras, a las que vendían pescado, y la que me hacía reír era Luvia que vendía pan, pero tenía una forma muy peculiar de gritar para vender su pan ya que solía decir "pan de coyol, pan de pepita, vengan y agarren su pan" y cuando le preguntaban del porque se llamaba así el pan ella decía "es que este lo hizo un hombre, y estos lo hicieron unas mujeres' era muy grato pasar por la plaza o mercado y deleitarse con esas vendedoras, y que me dicen en las tardes, el escenario era diferente ya que era el pan, las memelitas o doña Juventina López vendiendo su queso y crema, lo mismo que la Colocha y Naya Rasgado los totopos que provenían casi la mayoría del barrio Cantarrana o del barrio Galeana y a propósito habían dos señoras que vendían totopos y eran también rezadoras, me refiero a Inesita y a doña Celia, también recuerdo a tío Antonio Pineda que vendía su pozole para hacer agua fresca, los hacía natural y de cacao, siempre andaba en su bicicleta y tocaba su corneta la gente del pueblo lo conocía por "pinica" y a el no le gustaba que le dijeran así, por supuesto que no faltaban las vendedoras que pasaban a tu casa y te tocaban la puerta ofreciéndote sus productos, desde antes la vida ya era difícil mas siempre había manera de vivir; en las tardes después de regresar de la escuela era menester sentarte a la mesa y hacer tu bebida, y para eso los Tapaneros teníamos muchas opciones, se hacían en las casas agua de limón, de melón, de sandía, de tamarindo, de mango, de tascalate que era una bebida que su color era anaranjado, de guanábana, de piña que nos llegaba de Tuxtepec, de papaya, y ya los más moderno de ese entonces eran los koolaid, sin embargo un agua sin hielo por el calor típico de la zona no era agua, de ahí que muchos de nosotros buscábamos el hielo, a veces íbamos a las casas a comprar hielo y recuerdo que en las casas los moldes típicos eran las latas de cerveza, y cuando no se encontraba en las casas había que ir a la hieleria que estaba ubicada en la carretera y la calle Paulino B. Carrasco. En mi casa para comer se ponía la radio que por cierto era una radio de bulbos, la marca, Stromberg Carlson al que había que ponerle un alambre delgado y dirigirlo a manera de antena, ya que el radio había dado sus mejores años, se escuchaba la estación de la ciudad de los vientos, me refiero a la ciudad de Arriaga Chiapas, y el programa era "sobremesa musical" y en ese programa el locutor ponía música instrumental que nos servía como un buen relajante y comer despacio para que no nos diera una indigestión; después de ese programa seguía otro que se llamaba "maderas que cantan" y era música de marimba, así que la relajación la teníamos con el radio; tampoco se me olvida la XETEKA de Juchitán, donde me deleitaba con la música de banda o los solistas de aquella época, para mí era un delirio escuchar a Queta Gallegos, al gran trovador Hebert Rasgado o la banda Princesa Donaji o los temas del inolvidable "Negro Laido" sin olvidar la música del gran Chuy Rasgado y los sones Tehuanos. La primer paletería la puso Caritina Ramos que había llegado de Guadalajara y se quedó a vivir en Tápana, debo decir que aparte de las paletas también tenía un puesto de revistas que esperábamos con ansias como las de las historia del bayo, las de kaliman, las de Archi, Memin Penguin, la familia Burrón y otras tantas que ahora se escapan de mi memoria y para las personas apasionadas el libro semanal y sentimental, sin olvidar claro esta las novelas clásicas de Vargas Dulche como el pecado de Oyuki, Rarotonga, Anahí, etc. lo mismo que la venta de estampillas para llenar una planilla y obtener un regalo y claro era común que muchos de nosotros nos entusiasmábamos con las planillas aunque se nos engañara porque comprábamos y comprábamos estampillas y la estampilla premiada no salía, a Flor que era la que trabajaba con ella le daba risa, "chamaquitos no gasten su dinero, nada más habrá un premio', por cierto a doña Caritina no le gustaba eso, más a nosotros poco nos importaba; la emoción de poder ganar un premio era lo que nos motivaba a seguir comprando y comprando, hasta que alguien se sacaba el premio, muchas veces me toco ganar algo que en si eran trastes de plástico, o juguetes que muchos de nosotros no teníamos, pero era algo bonito, al menos para mí; la competencia le llego a doña Caritina ya que llego a Tápana la paleteria y helados Rossy que vendía productos con mas sabor, y claro había que aplicarse y para no quedarse atrás Caritina Ramos comenzó con las promociones que venían en los palitos de paleta, si comprabas una paleta y el palito te salía una frase que decía "Caritina paga una o dos " significaba que te daban otra paleta gratis según fuera el caso y a decir verdad fue una promoción que le daba buenas ganancias a decir de Flor.

En mis tiempos de estudiante de secundaria no había las facilidades como la hay en estos tiempos, eran tiempos distintos, había que pararse temprano para poder llegar a tiempo a la escuela, y si que era una buena caminata ya que en mi caso y para todos los que vivíamos en el barrio las Flores o el barrio Galeana o el 21 de Marzo, no era cosa fácil, son como tres kilómetros de distancia, había que caminar, andar en bicicleta, y para los que tenían un carro o camioneta ya era ganancia, mejor aún para aquellos que podían pagar un taxi, o no faltaba quien te diera un aventón, para los jodidos como yo era cosa de caminar, al menos para mí que vivía en el centro de Tápana y a decir verdad era o fue un buen ejercicio; que tiempos aquellos en los cuales la educación considero que fue muy buena, al menos la visión del plan de estudio era prepararnos para la vida, de ahí que tuviéramos Agricultura la cual era impartida por el maestro Virgilio, como olvidarse de esos días en donde nos mandaban o parte del plan de estudios era tener limpia la parcela de mango y de limón que era propiedad de la escuela, teníamos que llevar nuestro machete, y nos ponían a sacar tarea, es decir teníamos que hacer una brazada de pasto y las mujeres tenían que recoger y amontonar el zacate, nos tocaba difícil cuando se tenía que hacer después de la una de la tarde, el solo estaba al punto, abrazador, más que en Tápana que hace un calor de los mil diablos como suele decir la gente ; Ganadería era otra materia técnica que era impartida por el maestro Matías López Nadal, en esa materia casi nunca nos tocó hacer trabajo físico, más bien era teoría, por si alguno de nosotros tenía la intención de convertirse en ganadero (más que esperanzas si estábamos casi todos jodidos); Taller Forja y Soldadura así como la materia de Carpintería que eran impartidas por José Saturnino Berra, en el primer año recuerdo que nos tocó la materia de Apicultura impartida por el maestro Reyes, ahí se nos enseñaba a poner alimento a las abejas, a cómo cuidarlas, la extracción de la misma, recuerdo que ahí a un costado de nuestra casa de estudio teníamos las colmenas, en la parte de atrás estaba un cuarto donde se guardaban todos los implementos que utilizábamos los alumnos en esa materia; también recuerdo que teníamos otra materia que se llamaba Conservación de Alimentos en donde se nos enseñaba desde cómo preparar jamón, hasta los dulces típicos y los chiles jalapeños curtidos, en realidad esos años fueron años que nos forjaron a muchos de nosotros, claro que no me puedo olvidar de mis demás maestros, recuerdo al director de la escuela al maestro Fabián Pineda Piñón, al maestro David Silva que impartía la clase de Ciencias Sociales, al maestro Hugo Valdivieso quien impartía la clase de ciencias Naturales y que además era otro de los dentistas del pueblo oficio que también ejercía su padre, al maestro José Luis Fuentes que venía de la ciudad de Ixhuatán a impartirnos la clase de Español, al maestro Miguel Ángel que nos daba la clase de Matemáticas y que tenia un carro Volkswagen y muchos le decíamos al maestro del "Bocho" que era otra manera de decir la marca del carro, también teníamos la clase de Educación Física impartida por el maestro Luciano Álvarez al cual todos le decíamos el maestro "Chano", y también la clase de educación Artística impartida por el maestro Jorge Trujillo. La educación que recibí en esos años fue única, y sé que soy parte de una generación distinta a la de hoy, Tápana de mis recuerdos vives en mí y sigues siendo parte de mi presente.

CATALINO

Las campanas empezaron a repicar, por las calles del pueblo, hay gente que ha venido de las rancherías o comunidades rurales, no son muchos pero en si se conocen de donde son, ya que el pueblo de Chazumba es muy pequeño por lo que todos se conocen, las calles o al menos la calle principal esta adornada con cadenas hechas de popotes y papel de colores, de ese papel crepe y papel china que le llaman, arriba de las calles las banderas multicolores hacen su juego al soplar del viento, son las fiestas patronales, en el parque se pueden ver unos cuantos juegos mecánicos, los estantes de comida y de juegos de futbolitos, los de juegos del tiro al blanco y uno que otro de esos en los cuales tiras las canicas y que debes de juntar ciertos puntos para que puedas ganar un premio, sin faltar el de los algodones de azúcar que son de color azul cielo y de ese color rosa que semeja el rosa de las recién nacidas; hay música en cualquier parte, por un lado suena la banda de música, por otro un grupo norteño sin faltar el sonido de un aficionado de DJ que hace su show y se siente como si fuera de esos tocadiscos más afamados del mundo; es aun temprano, el estruendo de los cohetes y el continuo repique de las campanas hacen el llamado a los feligreses para que se acerquen a la casa de Dios, afuera del atrio se alcanza a ver al cura de la iglesia, el padre Zacarías bendice con la mano o hace la bendición y el saludo a los feligreses que se acercan a escuchar la misa que dentro de poco se llevara a cabo, el sacristán de la iglesia con una escoba barre las gracias de las palomas que han hecho su domicilio en uno de los atrios de la iglesia, tengo entendido que se deben de repicar las campanas tres veces antes de que comience el encuentro con la palabra de Dios, la mayoría de la gente se acerca, sobre todo porque es el día del patrón del pueblo, existe la necesidad de llegar hasta el para pedir por las cosas que no se pueden lograr en el paraíso terrenal, y el padre Zacarías sabe de las necesidades de la mayoría de sus pobladores, y el con su atuendo que hace que se vea mejor que el mismo Norberto Rivera(el arzobispo de México). A lo lejos, por donde comienza la calle, se ve a un jinete, y al parecer es Catalino, que viene a misa, tiene cuentas pendientes con Dios, y ya hacía días me había dicho que a ver si esta vez el padre celestial escuchaba sus ruegos, nunca me dijo que es lo que le había pedido a Dios, pero el como todo creyente del señor de los cielos viene a su encuentro, a poner de manifiesto sus ruegos. La misa ya ha comenzado, hay mucha gente, al menos eso observo que de un lado de la iglesia la gente escucha misa afuera, en la puerta, más en la entrada principal se ve que aun hay espacio. Catalino se acerca al atrio, pero no se ha bajado de su rocinante, del "relámpago" como el mismo le dice a su burro y además su amigo preferido ya que a decir de el mismo con "relámpago puede platicar aunque no le responda y se puede enojar aunque no le responda, lo puede ofender, decir cualquier cosa y "relámpago" si acaso le moverá las orejas. De repente todo se sucede en cosas de segundos, Catalino se ha enfadado con el sacristán, no deja que este entre a la iglesia con "relámpago" y el insiste que también su amigo es cristiano y merece escuchar misa; —déjame entrar pinche pendejo, que traes— le dice en un tono muy retador Catalino al sacristán quien le ha cerrado el paso; —también él es cristiano, pendejo, mi burro quiere escuchar misa, déjame entrar cabrón— y el guardián de la casa de Dios no lo deja entrar; esto ha creado confusión y una señora apercibe a Catalino y le dice que mejor se retire porque está causando problema y la misa debe de seguir; mas Catalino no está dispuesto a dejar pasar la ocasión, él ha venido tácitamente a hablar con Dios y de ahí no se moverá; —ya deja de joder, y que salga el padre Zaca, el me dejara entrar con mi amigo a escuchar misa— le grita Catalino al sacristán y este hace caso omiso a su petición; el padre Zaca como le llama Catalino al padre Zacarías ha parado la misa y se aproxima a el feligrés descarriado; —pero que es todo este lio Catalino, que pasa hijo

mío— se refiere al impertinente de Catalino con
una voz dulce y propia de todo mediador en
tiempos de guerra; —nada pagresito, solo que este
hijo de la chingada no me deja entrar a misa con mi
amigo el burro, si él también es cristiano y tiene
derecho, que ¿acaso no se acuerda uste pagre Zaca
de San Martin de Porres que quería a los
animales?— el padre Zacarías se ha quedado de
momento mudo y titubea al contestar; —bueno si
Catalino, en efecto san Martin quería mucho a los
animales, pero entiende hijo mío estamos en la
celebración de una eucaristía, es una fecha
importante, quizás otro día puedas venir con tu
amigo, mientras tanto debes de dejarlo atrás de la
iglesia y con gusto puedes tomar parte de la misa
del señor, pero no puedes entrar a la casa de Dios
con tu amigo—, Catalino lo miro con desagrado y
dándole un jalón a su amigo se perdió por las calles
del pueblo. La misa se llevo a cabo si ningún
contratiempo, los cohetes suenan por todo el pueblo,
el olor a pólvora se ha dispersado por las calles de
Chazumba, la música sigue en su apogeo, en la
pequeña plaza del mercado municipal se lleva a
cabo la vendimia de las placeras, el olor a pulque
le ha llegado a Catalino quien se apercibe al lugar
donde se encuentran las vendedoras de tan
exquisito néctar de la planta del maguey; yo me
acerco al puesto de barbacoa de don Chema, su
barbacoa y su consomé son muy deliciosos; a lo
lejos veo que tía Chole se queja con Tacho, el
panadero que a decir de ella este le vendió un pan
que en pocos días se le puso como piedra; —Tacho,
devuélveme mi dinero, mira que con tu pan casi se

me cae el ultimo diente que me queda, ni
remojadito en café se quiere ablandar tu pan— le
dice con cara de enojo a lo que el aludido le
contesta;—pero tía Chole, quien sabe cuántos días
dejo usted ese pan, el pan se come fresco, si lo dejo
usted más de una semana ese pan ya no es bueno,
lo que es fresco se debe de comer rápido tía, pero
mire ahí le van dos bolsas, pa que coma su pan rico
esta noche— tía Chole lo voltea a ver con agrado,
no esperaba recibir dos bolsas de pan y sin mas
toma las dos bolsas de pan y las guarda en su
bolsa. El ruido en la plaza es moderado, a los lejos
se escucha la música que toca la banda en el
parque central no muy lejos de la plaza, me acerco
al puesto de nieves de don Lupito quien toda su
vida solo se ha dedicado a vender sus nieves, me
siento en un banca que tiene afuera de su casa, ya
que la misma está en la parte adjunta a la plaza y
observo a la gente comprar, regatear por los
precios, gente que charla y niños que juegan
aprovechando que es día domingo y mejor aun día
de fiesta. Escucho a Catalino que da un grito de
esos de mariachi desvelado ya sin tono de voz, el
efecto del pulque ya es palpable en su hablar y
observo que se dirige hacia donde estoy sentado;
justo en ese momento se acerca mi camarada Teba
Llanos, rengueando con sus muletas, quien
últimamente no se ha sentido muy bien
emocionalmente que digamos, se queja de todo, de
su mala suerte, mas su familia me cuenta lo
contrario, a mi me da la impresión que son cosas
más fuertes las que mi amigo Teba lleva consigo,
hacia cosas de unos años él me había enseñado a

operar maquinaria pesada, mas el defecto que el tenia era que tomaba mucho además de ser cliente asiduo de esas hierbas que aturden la razón y los sentidos, mas en sus tiempos me cuentan algunas gentes del pueblo fue un tipo duro, que no tenia miedo de nada pero que esa bravura, esa forma de ser le causo problemas, que una vez que estaba bajo las influencias del alcohol y de la hierba alguien le propino una golpiza que hizo que le desfiguraran su pierna derecha, a partir de ahí no quedo muy bien de su pie, hubo un tiempo en que andaba en silla de ruedas y hasta traía clavos en su pierna, fue bastante el daño que le hicieron que aun era visible el daño que se notaba al caminar, el detalle de todo esto era que no se acordaba como le había pasado, ni quien le había hecho ese daño, aunque en sus borracheras juraba que si sabia quien le había hecho eso lo mataría, pero nunca se supo, mas había cierta amistad con Catalino quien se acercó a saludar y a decirnos lo que le había pasado con el curita del pueblo; —el ojete del sacristán no me dejo entrar a misa con "relámpago" y el padrecito Zaca se puso al brinco, pinches ojetes, como si no supieran que todos somos hijos de Dios— a mí en lo particular me causo risa, pero al camarada del Teba no le cayó de gracia; —ya, ten veinte pesos y vete a traer taguarnis (mezcal) y deja ya de estar jodiendo— Catalino solo se limita a agarrar el dinero y se va a la tienda mas cercana a comprar el mezcal, en ese intervalo de tiempo, le pregunto al Teba como anda, y él me contesta, —ando mal cabrón, las cosas en mi casa con mi jefa están de la chingada, estoy peleando muy seguido con mi carnal y eso no me late, ya quiero estar en paz, me dan ganas de largarme, quizás eso seria lo mejor— yo lo escucho, conozco de su temperamento, algunas veces he tenido que fungir como referee, él es mi vecino y muchas ves su mamá me ha gritado desde su casa para que yo vaya a controlar al Teba que se pone muy grosero cuando anda en su "luna" como decía ella;—ya déjate de pendejadas mano, ya trata de llevar la fiesta en paz, además piensa una cosa, la casa es de tu mamá, tu deberías de estar agradecido que ella te deja vivir en ella sin pagar ni un solo centavo, ya tranquilo, tu ignora lo que pase a tu alrededor, ubícate, y si ves que te están echando habladas o indirectas, mejor cambia de parecer, cambia de actitud, no ganas nada con ponerte a pelear con tu familia, cuando veas que la situación esta escalando aun mas, salte a la calle, vete a otra parte y regresa cuando ya todo haya pasado, si la regaste y debes de pedir una disculpa tu hazlo, la cortesía no te quitara lo hombre, no dejas de ser el Teba que todos conocen, cambia esa actitud, de otra manera estarás en problemas cada día y esto te hará la vida miserable— él se ha quedado callado, levanta la mirada como queriendo esquivar la conversación, como que algo no le parece, pareciera que quisiera o no entrar en razón, yo solo lo observo, y al sentirse presionado por mi mirada me responde; —tienes razón, solo que mi carnal me saca de quicio, pero simón, claro que eso hare, me vale madre lo que pase en la casa y en cuanto escuche a mi jefa con sus cosas mejor me saldré a la calle hasta que todo pase, ya no quiero pelear, me deprimo mas, peor aun con este pinche pie que ya me desespera, no que hacer, pero ¿sabes que onda mi buen? En cuanto pueda ya apoyar más mi pie y me quiten estas muletas, me regreso a trabajar, prefiero estar lejos de este pueblo, quizás así sea mejor— se hace una pausa, porque en ello sale don Lupito a ofrecerle nieve de limón al Teba quien le contesta con un rotundo no; —Lupito, mejor saque las chelas, es día de fiesta, en lugar de tomar agua bendita, saque mejor las cervezas don Lupe, hay que darle alegría al cuerpo— don Lupito solo se limita a sonreír, ya que pocas veces lo he escuchado hablar, pensaba que a lo mejor era mudo, pero no si habla, aunque muy poco. —bueno, como que el pinche Catalino ya se tardo, se me hace que ese cabrón se ha de haber quedado por ahí y ya verás que va a venir con media botella, la semana pasada así me hizo, lo mande a traer el taguarnis, solo regreso con media botella y dos horas más tarde, no entiende el cabrón, pero deja que llegue le voy a dar una bola de putazos— al decir esto yo lo volteo a mirar, y moviendo la cabeza en forma negativa le contesto,— dale chance, bien sabes como es Catalino, hay que explicarle veinte veces lo que tiene que hacer, de otra manera no hace bien las cosas, además si querías tragar alcohol hubieras ido tu, así que tranquilo, ya va a venir— se para un poco tambaleante y me dice,—espérame, se me hace que este cabrón esta en la esquina en la tienda de doña Nina, ahorita vengo— el Teba se aleja recargando su andar en sus muletas; por momentos me quedo pensando que pasara por la cabeza del Teba, esta lastimado, no tiene trabajo, el poco dinero que tiene se lo gasta en alcohol y para esto se apoya en el gran Catalino quien a decir del pueblo no tiene oficio ni beneficio. Me contaba el otro día don Nato Guerra que, Catalino se había acabado las pocas tierra de siembra que su padre le había heredado, que no sabía leer ni escribir, y que siempre se la había pasado trabajando para otras gentes, —imagínate tu, este pobre diablo del Catalino en lugar de trabajar sus tierras para si mismo se las rentaba a Don Abelardo Rodríguez y trabajaba la tierra para el cacique del pueblo, que pendejada mas grande, por eso esta como esta jodido, ya vendió las tierras, se bebió el dinero, y ahora anda como tonto de peón, y eso si hay trabajo si no ya lo veras pepenando lo que las placeras tiran en la basura pa comer, me decían el otro día que ya hasta había vendido las ollas de cocinar que su finada madre tenía en la cocina, pa resumir la cuenta Catalino esta loco, hacer eso, solo la gente que no piensa le pasa lo que a Catalino, no tiene juicio ese hombre— termina diciendo don Nato. De repente veo que Catalino ha llegado, pero entro por el otro lado de la plaza; —¿qué paso Catalino?, el Teba ya te fue a buscar, esta bien enojado, te tardaste un buen de tiempo, donde te habías metido,—me mira rascándose la cabeza,— pues me fui a mi casa, a poner un telegrama, porque no me dejaron entrar a los baños de la presidencia, que porque ahora resulta que se tiene que pagar pa entrar a hacer tus necesidades, ya ni joden estos, ahora hasta pa eso hay que pagar, estamos cada día mas pior, ¿A dónde se fue el Teba?, deja voy a llamarlo.— lo observo que se aleja en busca del Teba, valla par de camaradas que son estos, parece cierto eso de que Dios los hace y ellos se juntan. La tarde se ha llevado el repicar de las campanas, la gente sigue llegando, es día de fiesta, es tiempo de gastar dinero, aunque no lo haya, de sacar las mejores ropas que la ocasión amerita, los puestos de comida no están tan llenos como en otros años, la gente no tiene mucho dinero, los pocos juegos mecánicos están casi parados, mas la fiesta sigue, los músicos no descansan siguen tocando sus mejores piezas, con su música tratan de alentar a la buena voluntad de los visitantes, tratan de alegrar el ambiente, una feria sin música no es feria dicen algunos vecinos del lugar, los cohetes siguen sonando, hay que darle al patrón del pueblo a San Santiago los ruegos, para que el próximo año las cosas mejoren, y eso ya seria una buena cosa. Son ya casi las cinco de la tarde, muchos muchachos hacen su arribo al parque central, vienen de las toreadas, en la mañana me había dicho el Zeferino que el corral que habían hecho para tal ocasión no estaba tan bien reforzado, — a ver si no se les cae esa cosa, no está muy bien hecha, está muy endeble, se me hace que los toros la van a tirar, pero quien sabe, con eso que hasta los toros están bien flacos—dice el Zefe con una sonrisa burlona. Mientras tanto yo me dirijo a uno de los puestos, se ha abierto el apetito, la barbacoa de don Chema ya hizo su trabajo, ya es hora de la comida y se me han antojado los tacos de chivo, aunque también veo que hay al pastor, y de otros tantos que ya no pregunto, yo me quedo con los tacos de chivo, me gusta el sabor de la carne. Mientras disfruto mis tacos escucho la canción del compositor Oaxaqueño Macedonio Alcalá, esa que es la de "Dios nunca muere", de repente se me vienen los recuerdos a mi mente, los sabores que se perciben en el pueblo de Chazumba son un tanto distintos a los de mi pueblo Tápana, mas la canción en si me lleva hasta ese punto nostálgico, de repente veo que pasa una camioneta a vuelta de rueda, va cargada de juegos pirotécnicos, de repente me llama la atención, porque si bien es cierto que Chazumba es como un pueblo fantasma, me pregunto de donde saldría todo el dinero para pagar esos juegos, a mi entender eso es algo costoso, mas cuando se trata de hacer algo por el patrón del pueblo, quizás el dinero sea lo de menos, el padre "Zaca" como le dice Catalino es bien tranza que algún negocio ha de haber hecho para que no le faltaran sus luces que da la pólvora al ser quemada. Después de esa buena comilona me dirijo al parque y me siento en una banca que esta vacía, antes era raro ver eso, el parque se atiborraba de gente, pero como que este año la cosa no anda del todo bien, al sentarme observo como andan acomodando las bocinas que servirán para que el conjunto musical haga su aparición, me percate que el grupo será el Internacional Carro Show, grupo musical que toca ritmos con sabor a cumbia, tienen buena música, pero como decía al principio parece que todos los boletos para tal ocasión no se habían vendido; "este año esta jodido la cosa, no hay lana, las milpas no dieron mucho, no hubo mucha lluvia, no hay dinero, de donde, esto esta jodido" dice el Chefe que mira con melancolía que esta vez no ira al baile, no hay dinero a decir de él y si, la cosa esta muy triste, pese a toda la propaganda que se le dio a las fiestas patronales la gente no llego como se esperaba, el que se ve mas consternado es el padre Zaca, que a decir de la mujer del sacristán tampoco le fue tan bien como en otros años, las mujeres que son las que siempre aportan mas al cesto de la limosnas han tenido que reducir la cooperación que el párroco estaba acostumbrado a recibir. La noche ha caído ya, la música no ha parado de sonar, hay pocos transeúntes y los que están solo van a ver, pues como decía el "Chefe, ta' jodido" y no hay dinero, mas me llama la atención que en los lugares donde se vende cerveza hay un buen puñado de clientes que no escatiman el dinero para celebrar al patrón Santiago, mira que contradicción, tienen para tomar, pero no tienen para darle dinero a los hijos si es que tienen para que también se diviertan. La noche ha llegado, de noche todos los gatos son pardos y veo que Catalino ya viene calle abajo, se sienta a mi lado y me pregunta por el Teba, mas al otro ya tiene rato que no lo veo;—¿pero que no andaba contigo Catalino?— es la pregunta que le hago, y el me responde; —ni se, lo deje en su casa, se le subió bien rápido y se quedo dormido, quedo como las cucarachas, bien fumigado, tal vez al rato baje la borrachera a ese diablo— me mira y se rie,—¿y tú que has hecho, no me digas que no tomaste ni una cerveza?— lo veo y le digo que yo no preciso de una cerveza o de alcohol para estar contento o sentirme feliz, —pero dime tu que es una fiesta sin trago, que es una feria sin trago, tiene que haber, si

no que chiste, además no todos los días se celebra
al patrón del pueblo, por eso se le llama día de
fiesta— lo volteo a ver nuevamente y puede que su
razonamiento sea lógico para algunos, mas no para
mi;—a ver dime Catalino, ¿Cuánto te gastas en
alcohol, cuanto tiempo te durara la algarabía, la
felicidad que solamente la encuentras en las
bebidas alcohólicas? Si te das cuenta lo único que
haces es envenenar tu cuerpo, eso que gasta lo
deberías de gastar en comida, en ropa, en cosas
que te dejaran algo bueno, gastar dinero a lo tonto
no tiene sentido Catalino, o tu ¿que crees?— al yo
decirle eso Catalino empieza a mover los pies, como
si estuviera nervioso, con voz pausada me dice,—
pero dime tu, a mi ¿de que me vale todo eso?, si ya
lo ves, el patroncito Santiago no me hizo el milagro,
como que se ensaño conmigo, por los últimos años le
he pedido que me diera una mujer y nada, que me
ayudara a trabajar mi tierra y nada, ya lo vistes,
las perdí, se llevo a mis padres, yo ya soy un caso
perdido, nunca tuve novia, la suerte nunca estuvo de
mi lado, y luego pa' colmo el padrecito Zaca no me
deja entrar con "relámpago" a hablarle a Dios,
toda mi vida fue tristeza, no se si por eso la gente
me decía "Catalino cabeza dura" si apenas si se
escribir y medio leo, ni eso me dio Diosito, no me dio
la luz del entendimiento que todo hombre necesita,
no me dio nada, Dios se ensaño conmigo, ya a veces
ni se si creer en él, siempre le he pedido y como te
decía nunca me da nada, nada de nada, ya casi me
voy a morir, así que dime tu ¿pa' que me sirve lo
que tengo? Y eso si acaso tuviera yo algo, ya ves,
toy' jodido como muchos otros, Diosito no me ayudo,

no me ayudo— al decir esto le salían unas lagrimas que bien podían ser de amargura, como decía al principio, nunca me había dicho de sus cuentas pendientes con Dios, mas creo que el alcohol le hizo abrirse conmigo, esas eran las cuentas pendientes que Catalino tenia con Dios, a estas alturas del partido ya Catalino ha perdido la fe, el alcohol lo distrae, le ayuda a olvidar su pena, su congoja, su vida no fue fácil, en realidad tuvo poca escuela, no tuvo mas apoyo de nadie, falto quien orientara al pobre Catalino. Sus ojitos se avivan al escuchar la voz del Teba;—ves, que te dije, este pobre diablo se iba a aparecer— el Teba no lo escucha, solo se acerca a darme la mano, me saluda y se va, detrás de él va como siempre Catalino cabeza dura. El baile comenzó, el grupo musical toca sus mejores piezas, hay poca concurrencia, no hay dinero a decir del "Chefe" y quizás para el próximo año las cosas cambien, la noche corre como agua en el arroyo, ya casi será media noche, para mi es hora de levantar campamento, hora de irme a dormir, ya mañana será otro día, Chazumba seguirá celebrando con sus limitaciones, mientras tanto Catalino seguirá como hasta ahora, olvidando su realidad, tomando su taguarnis y viviendo otro día mas.

UN CUENTO QUE FUE REALIDAD

Era ya de noche, pasaban algo así como de las 10 de la noche y su esposa no llegaba, él se acomodó en el sofá como solía hacerlo, encendió la televisión y estuvo buscando un canal que llamara su atención, no encontró nada, acto seguido apaga el televisor y enciende su computadora y comenzó a bajar música de un sitio de internet, no se había percatado que ese sitio ofrecía la opción de conocer a otras gentes, nunca puso atención a eso, será que no le interesaba, simplemente amaba a su esposa, y tenía eso en la mente, respetar más que nada, sabía que su compañera estaba a decir de ella en una reunión, casi siempre tenía reuniones, siempre en las noches, cosas del trabajo, él entendía eso y por esa misma razón no protestaba pues era su deber apoyar a la que había estado con él por los últimos seis años, y eso era, el respeto y el amor ante todo; no decía nada, siempre después de que ella llegaba a casa era recibirla con un beso, amoroso, la pregunta "del ¿ cómo te fue? ¿ya cenaste? ¿Quieres que te prepare algo?" eran las frases que él solía decir, todo estaba bien, sin embargo como que el amor había caído en una rutina, las noches no eran las mismas, por esos días ella se sentía mal, le dolía la cabeza o estaba cansada, el amor en la alcoba estaba en huelga, aunado a eso las deudas ayudaban a empañar esa situación.

El tiempo siguió su curso y las cosas en la relación iban de mal en peor, al punto que él decidió llenar ese vacio con gentes que empezó a conocer en el network, a decir verdad conoció mucha gente pero también se dio cuenta que ese era un medio efímero, en el cual la gente se cambia nombres o toma posturas que no son propias, gente vulgar, gente que tiene algo que contar o niñas que tienen 15 y se hacen pasar por mujeres de 30, en fin, ese fue un indicio de que tenía que tener cuidado, era preciso mantener la mente abierta para no caer en el error, más que nada el temor a equivocarse, eso aunado al miedo pues por esos años se había suscitado un hecho de una menor que se suicidó por enamorarse de una hombre al cual había conocido por este medio; algo decía que esto podía traerle consecuencias y sucedió. Su esposa se dio cuenta y sobrevino una discusión fuerte, la ruptura ya era evidente la fractura del matrimonio ya estaba ahí. Por esos días Daniel decidió entrar a la escuela y tomar clases de inglés, al menos eso le ayudaría a aprovechar más el tiempo, y así lo hizo, empezó a asistir a clases y como es lógico ahí conoce a una compañera de clases:

—"Hola, como te va?" preguntó Daniel

—"Bien" respondió ella;

—¿Eres de México ? ella preguntó, a lo que él respondió que si;

—"hay fíjate que coincidencia, yo también soy de México", ¿De qué parte de México eres?"

—soy del estado de Oaxaca, respondió Daniel,

—"aah que bien, mucho gusto, yo soy Berenice y soy de la ciudad de México",

—mucho gusto respondió Daniel. Fue así como comenzó una amistad que no traspaso más allá de lo que debe de ser una relación de compañerismo.

Las cosas no mejoraban en casa y una noche al salir de clases Berenice dice; —"Daniel, vamos a tomar un café, me gustaría que fuéramos compañeros para el examen final"

—"está bien vamos"; caminaron media cuadra, ahí estaba Starbucks, pidieron café y se sentaron en la mesa, comenzaron a hablar del examen final.

—"Creo que tenemos que reunirnos un sábado o domingo, crees que puedas?";

— aah claro no creo que tenga problemas en casa, respondió Daniel; se habló del proceso que conlleva al examen final y se llegó a un acuerdo que se verían un domingo en la tarde. Esa noche de regreso a casa, pensativo acerca de lo que le diría a su esposa le sorprendió una llamada, era Berenice, para decir que se la había pasado muy bien y que agradecía el tenerlo a él como compañero, pasaría un minuto y vuelve a sonar el celular, era su esposa, y preguntó que hacía, y el respondió que iba camino a casa, "como que camino a casa, ¿no se supone que ya deberías de estar en casa? Preguntó ella, así es replico Daniel, "solo que me quede a tomar un café con Berenice, ya te había hablado de ella" a lo que su esposa comenzó a alterarse y a perder la cordura; dijo cosas que quizás nunca debió decir, el daño ya estaba hecho y esto mermaba aún más la relación que ya hacia algún tiempo estaba estancada en el fondo, estaba fria, mas fria que el cierzo invernal. Daniel llego a casa, dejo sus cosas y se dirigió a la cocina a prepararse un té, se sentó a ver tv como de costumbre; no pasarían como 20 minutos cuando llego Margarita su esposa, estaba furiosa porque Daniel se había ido a tomar un café con Berenice, mas Daniel trato de explicar pero ella no lo escucho y se encerró en su recamara; "ya se le pasará "pensó Daniel, se volvió a acomodar en el sofá y continuo viendo la tv, después de un rato ella Salió de la recamara, continuaba en una actitud por demás terca y encaró a Daniel que estaba tranquilo viendo la tv y tomándose su té;

—"Hace cuanto tiempo que me engañas con ella?" preguntó Margarita;

—"De que hablas". preguntó Daniel;

—"te hablo de esa puta barata con la que te acuestas, dime desde cuando me engañas con ella?", él no respondió nada, solo se limitó a decir

—"estás en un error, ella solo es una compañera de clases y nada más" ; ——mira Daniel, respondió Margarita, " no me hagas perder los estribos y dime la verdad, hemos sido esposos por estos últimos seis años y al menos me debes una explicación"; Daniel se paró del sofá y abrió la puerta, ella lo siguió y le dio un jalón, a lo cual Daniel respondió,

—"mira Margarita, yo nunca te he engañado, te he respetado porque te amo, pero tus celos y tu desconfianza están llevando esto a un extremo donde ya se están rebasando los limites",

—"me vale madre, ahora te aguantas cabrón y cierra la puerta, tenemos que hablar"; Daniel por no discutir cerro la puerta, obedeció la orden, ya estaba el caldero listo para una batalla, se miraba en el semblante de ella que esta vez ya la cordura no tenia para mas;

—"te escucho"

—"no tengo nada que decir, porque no he hecho nada malo, no ando con ella, es simplemente una compañera de clases, ahora si tú lo quieres ver de otra manera es tu problema, pero yo estoy tranquilo porque no he hecho nada malo" ; acto seguido Margarita se incorpora del sofá y toma un florero muy bonito que estaba en el centro de la mesa, camina con el florero hacia la recámara y se da la vuelta arrojándoselo en la cara a Daniel, él apenas si tuvo tiempo de reaccionar para esquivar el impacto, de otra manera hubiera tenido consecuencias. El mal entendido ya había escalado a los límites de la violencia, Daniel no dijo nada, se dirigió al baño, se dio una ducha, la guerra apenas comenzaba y era viernes, que otra cosa mas peor podría pasar, pensaba para si, recordaba los viernes social cuando se iban los dos al TotsyHotsy un bar cercano, a tomarse una copa y a platicar de lo eventos de la semana, pero esa situación estaba lejos de lo que en ese momento él tenía en sí, algo faltaba, que será? Se preguntaba él, y los gritos de ella se escuchaban hasta el baño; " no haré nada, dejaré que todo fluya como debe de ser, no me tengo que preocupar por algo malo de lo que se me acusa, que me acosté con Berenice? Noo por favor, solo somos compañeros, no ha pasado nada, nunca pasará nada, pero entonces, porque me culpa de algo que no es cierto?" el ruido de un portazo lo saco de sus pensamientos, se seco y se puso su pijama, se fue a la cama; "ya mañana será otro día, quizás mañana las cosas cambien" pensó para si y se acostó, se quedo dormido, odiaba discutir, no era su fuerte. No sintió a que hora su esposa se metió a la cama, el despertador sonó, eran las seis de la mañana, se le olvido quitar la alarma, era sábado, no había que pararse temprano; sin embargo los argumentos de la noche anterior no invitaban a seguir en la cama; Daniel decidió levantarse, se lavo los dientes y puso café, se sentó en el comedor, la mesa se veía vacía, la casa se sentía sola, había un vacio en si, el ambiente estaba tenso, mas no había tiempo para lamentaciones, había que solucionar el problema, de otra manera las cosas estarían mas peor de lo que ya estaban; no hizo ruido entre sorbos de café y los ladridos de los perros del vecino vio a Margarita parada en la puerta de la cocina; "porque Daniel, porque hiciste eso?" ; Daniel negaba todo lo que se le imputaba, pues no era cierto, no había ninguna relación; se levanto de la mesa y se metió a darse una ducha, se cambio de ropa y como siempre preguntó,

—"¿que quieres de desayunar?"

—"nada, mejor llévala a ella a un restaurant" replico Margarita; la sombra de la separación cubría el pensamiento de Margarita, parecía que todos los argumentos por salvar esa relación se habían terminado, o por lo menos se los había tragado la tierra, la esperanza se había mudado de casa, la alegria igual y lo que era peor, se había perdido la cordura, el ego estaba presente y de igual forma ver la derrota en los ojos del otro quizás era la manera de ver como se malgastaba el presente. Era el mes de abril, sábado por la mañana, y como que la sombra del mal presentimiento que las cosas iban a empeorar se sentía en el ambiente, se podía oler soledad, la ira estaba ahi, no habia manera de cambiar los argumentos; pero por alguna razón ella cambió de planes, sonaba el teléfono, ella contesto ;

—" hola, aah que crees que hizo Daniel, ya anda con otra" se quejaba, era su hermana que llamaba de la ciudad de México, y como de costumbre ella le dio pormenores de una infidelidad que nunca existió; él estaba deprimido, ya no quería discutir el tema, pero apenas comenzaba el día; alguien llama a la puerta, "abre" gritó Margarita, Daniel se apresura a abrir la puerta, era Luz María, una señora la cual llegaba a hacer la limpieza de la cocina y del baño dos veces por mes; Daniel se fue al cuarto de las computadoras y comenzó a bajar música de una cantante Española, Luisa María Guel, por alguna razón le encantaba las canciones de esa artista; Margarita terminó de hablar por teléfono, ya eran mas de las 10 de la mañana, se arreglo y dijo

—"vamos a Cotsco, tenemos que comprar algunas cosas"

—"esta bien" replico Daniel,

—"nos vamos en mi camioneta" dijo margarita, y como siempre Daniel contesto que estaba bien; el trayecto a la tienda fue eterno, no se cruzó palabra alguna, como robots se dirigieron a la tienda; se compro lo que se tenia que comprar, crema, huevos, pan, carne, etc. Estando formados para pagar suena el teléfono de Daniel; era una mensaje de texto, era de Berenice y el mensaje decía" hola Daniel, como te va en este día tan caluroso?" ; pero para Margarita esto empeoraba las cosas, no dijo nada, quizás porque había mucha gente pero camino al estacionamiento ella lo miró con odio, bebía agua de una botella y con esa misma le dio un botellazo en la mano a Daniel, acto seguido empezó a insultarlo, tomo la cartera de huevos y se la aventó en la cara, y como era obvio los huevos se rompieron; ella arranco su carro, dejando a Daniel en el estacionamiento, la gente que alcanzó a ver el espectáculo le preguntaba que había pasado, y él solo decía, "un mal día, eso es todo"; tuvo que llamar a Alfredo, otro compañero de clases y amigo para que lo fuera a recoger donde lo había dejado Margarita, pues no había manera de trasladarse de un lugar a otro, el transporte estaba como a 2 millas de distancia; Alfredo llego, "que te pasó " le preguntó y con escuetos detalles Daniel le explicó que Margarita había tenido un mal día, sin embargo Alfredo se dio cuenta que Daniel traía la mano hinchada por el impacto de la botella; —"estás bien?"

—"claro, estoy bien" respondió Daniel, solo llévame a mi casa, y así fue; cuando Daniel abrió la puerta Margarita ya tenia su ropa empacada y un camión de mudanzas se estacionaba enfrente de la que había sido su casa, Daniel se sentía mal, pues esos 6 años de matrimonio se iban a la basura por un mal entendido; entra Luz María y su hijo de

Margarita empezaron a vaciar la casa, la suerte del matrimonio ya estaba echada, se disolvía por una tontería. Las horas pasaron y al fin la casa estaba vacía, no había nada más que la ropa de Daniel tirada en el suelo, su computadora y una mesa plegable, era lo que le quedaba después, de seis años;

—"No es justo como es posible que las cosas terminen asi, me quedo igual que al principio, sin nada. Mas no era lo material si no la pérdida de un sentimiento al cual Daniel había estado unido por los últimos años. Esa noche Daniel durmió en el suelo, no tenia ánimo para nada mas, tenia muchas cosas por hacer, el panorama no era bastante halagador, habían muchas cosas pendientes que le hacían entrar en reflexión, casi no pudo conciliar el sueño, pensaba en el pago de la hipoteca de la casa, quizás estaba absorto en las cosas materiales, no había más que hacer, pues lo emocional en ese momento había ido a parar al bote de la basura; llego la madrugada y apenas si durmió algunas horas. Los ladridos de "Bruno" que era el perro del vecino lo despertaron, miró al reloj para ver la hora, eran las 10:23 de la mañana, día domingo del mes de abril; tiempo de tomar una ducha, y salir de compras, pues la casa estaba desierta, había que comenzar de nuevo. Lo primero era comprar una cama, el dormir en el suelo no era lo más placentero, y así lo hizo, compro unos cuantos muebles, lo justo para empezar de nuevo; los días transcurrieron, y una mañana Margarita llego a la casa, muy altanera, Daniel la ignoro, ella fingió que se le habían olvidado algunas cosas, pero el motivo real era para decir algo m'as fuerte, mas serio;

—¿cómo te va?

—bien y tú, que tal?

—yo estoy feliz, contenta porque empiezo a recuperar el tiempo que perdí

—que bueno, me alegro por eso

—tienes que firmar estos documentos, son la petición del divorcio

—déjalos ahí, después los firmo, los tengo que leer primero

—¡nooo!, los tienes que firmar ahora mismo, replico de manera altanera y tajante.

—está bien. Una vez más se hacia lo que Margarita decía, casi siempre había sido lo mismo. Daniel estaba ausente, ausente de mente, estaba distraído, trabajaba por trabajar y vivía porque tenía que vivir, solo el recuerdo lo mantenía vivo, el recuerdo de aquellos años maravillosos, sin embargo algo le decía que podía conseguir tocar la gloria de nuevo; después de comenzados los tramites del divorcio, Daniel decidió comenzar de nuevo, comenzó a tomar clases de computación, clases de gramática para mejorar el idioma inglés, comenzó a conocer más gente, ya no se sentía solo, soledad era simplemente un complemento al estado emocional de Daniel, sobre todo porque en las noches extrañaba eso, el que Margarita preguntara, "como te fue, o como estuvo tu día", mas algo estaba destinado para Daniel, habían días de dicha, pues a través del internet le daba oportunidad de conocer gente de otras latitudes y ocurrió. Sucedió un mes de agosto, Daniel conoció a una persona que se encontraba en República Dominicana, y el flechazo fue total, había otra perspectiva, había una razón mas para vivir, la alegría tocaba a la puerta. La comunicación era al principio muy esporádica, siempre saludaba de manera cordial; ella era muy amable, totalmente distinta a Margarita, ella, era la causante de su dicha emocional llevaban una relación cordial; Sandra, era el verdadero nombre de la mujer que de alguna manera representaba mucho en la vida de Daniel, tenía un trabajo bastante pesado, pues en muchas ocasiones Sandra tenía que viajar. Y sucedió, paso una noche del 7 de agosto, cuando Daniel y Sandra estaban conversando por el chat, Daniel preguntó a Sandra si podía conocer su voz a lo cual ella accedió,

—"me gustaría, solo que estoy de visita en casa de mis padres, además mi celular está muerto, no tiene carga, pero te puedo dar el teléfono de la casa"; y así lo hizo, acto seguido Daniel marco el número que le fue proporcionado.

—Hola, cómo estás?

—Bien, solo que estaba nerviosa, no sabía cómo responder

—jajajaajajajaaajajaja, no es esto maravilloso, estoy como niño con zapatos nuevos, estoy feliz, contento porque estás del otro lado, pero tú, cómo estás?

—nerviosa, en realidad es la primera vez que me pasa, nunca había estado en una situación como esta

—¿y te gusta?

—tengo miedo, eso es todo, había pasado tanto tiempo que esto me cae de sorpresa

—bueno, porque no empezamos por correr al miedo y corremos el riesgo de intentar ser felices, tenemos la oportunidad, porque no creamos nuestra propia fantasía, porque no hacemos de cuenta que empezamos de cero y comenzamos esta fantasía juntos, que te parece? ¿Te gusta la idea?

—no sé, quizás sea una buena idea, pero dime, como llevaríamos esta relación a distancia

—que importa la distancia, vamos a vivir la fantasía, ya es tiempo de darnos otra oportunidad, tú estás sola, yo igual, cuál es el problema?

—ninguno creo yo, está bien, vamos a vivir la fantasía.

Daniel estaba muy emocionado, muy contento porque estaba enamorado de nuevo, Sandra había despertado en él de nuevo ese sentimiento que parece ya estaba dormido después de la separación, una nueva oportunidad era lo que la vida le presentaba y no estaba dispuesto a dejarla ir. Las noches se hacían cortas y solo bastaba pensar en Sandra para que Daniel tuviera un día lleno de nuevas perspectivas; parecía que el tiempo se detenía, en realidad la vida estaba ahí, diciendo presente. Por esos días Sandra estaba de vacaciones y era el tiempo preciso para el amor, esto era el amor de verano; Daniel estaba enfocado en esa nueva relación, en verdad quería un hogar, era todo lo que él buscaba.

La comunicación empezó a ser más estrecha, Daniel se sentía vivo de nuevo, Sandra le había devuelto la alegría, las ganas de vivir, ella era la musa, la mujer que ponía sus estados de ánimo en tonos y colores diferentes, en fin se habría una ventana a la esperanza. La comunicación comenzó a hacer más frecuente, Daniel vio la manera de contratar una línea que le permitiera estar más en contacto directo con Sandra y así lo hizo, esto sucedió porque un cuñado de Sandra que vivía en Nueva York le comento que estaba un servicio que hacía que las llamadas telefónicas fueran más económicas, en suma su cuñado Andrés, le dio el teléfono de Digitec, la compañía que prestaría el servicio telefónico para acortar distancias. Esto les dio una pauta mas para tener una comunicación más directa y a todas horas sin tener que preocuparse por las tarifas del teléfono ya que las llamadas de larga distancia a Dominicana eran muy caras.

El trabajo de Sandra era muy atenuante, pues muchas veces tenia que viajar fuera del país y eso por supuesto era algo muy difícil para Daniel, pues en el fondo cada vez que Sandra se ausentaba era un desespero, era un dolor parecido al abandono, mas Daniel trataba de entender eso y muy a su pesar del dolor que le provocaba el ver que Sandra se ausentaba, él apoyaba esa causa; el trabajo de Sandra era muy bueno, era el punto de conexión entre el saber y la ignorancia, y eso le agradaba mucho a Daniel. Habían pasado ya algunos días y Daniel sabia que Sandra se ausentaría por una semana, tenía que ir a un congreso a la ciudad de Quito en Perú y eso le preocupaba mucho, por esos días se hablaba en las noticias que en Lima el grupo guerrillero "Sendero Luminoso" estaba en activo y que a decir de las noticias había hecho estallar bombas caseras en algunos sitios que pertenecían al gobierno, y esta situación le preocupaba a Daniel, tomo el teléfono y llama a Santo Domingo,

—hello, contesto una vocecita

—Quien habla

—soy Ana

—aah hola que tal mi hija, ¿como te va?

—bien, respondió con una voz de melancolía, Daniel sabía lo que le pasaba a Ana, pues ella sufría lo mismo que él la ausencia de su madre

—me pasas a tu mami?

—ella no esta, salió

—aahh y no sabes a que hora regresa?

—pronto; decía las palabras con cierta tristeza, él lo sabia, pues unos días antes Sandra le había dicho lo difícil que era separarse de las niñas, Daniel decidió apoyar la causa y hizo lo que tenía que hacer

—que tienes? Te noto triste

—si lo estoy

—¿pero porque?

—mami se va mañana, y no quiero que se valla. Su llanto era fino, Daniel sentía las espinas de la soledad y el hastío, era como si alfileres se clavaban en su pecho al escuchar la voz desesperada de Ana, el sentía igual, solo que no tenía que haber dudas ni lugar para la melancolía, era preciso aclarar la mente, era menester apoyar la travesía de Sandra, no era tiempo para llorar, mas al escuchar el llanto de Ana, Daniel también lloraba por dentro, era un llanto fino, con desespero,

pero también con esperanza, ya que él sabía que ese viaje era importante para Sandra.

—mira, no te preocupes, eso será solo por unos días, además piensa que mami todo esto lo hace por ustedes, pero también porque le gusta ayudar a la gente que menos tiene, y además a ella le encanta su trabajo; ese es su trabajo, nosotros que la queremos tanto debemos de animarla, de apoyarla, de no entristecerla, debemos decirle que cuenta con nuestro apoyo para que ella pueda realizar su trabajo como corresponde; que me dices chiquita? La vamos a apoyar? No con llanto ni con tristeza, si no con amor y con buenos deseos, que te parece?

—siii, contesto Ana; Daniel sabía que las palabras habían hecho efecto, quizás un poco y eso le daba ánimos

—bueno, hazme un favor, cuando llegue mami, le dices por favor si me puede llamar

—sí, yo le digo

Daniel estaba más tranquilo, sabía que Sandra regresaría sana y salva a casa, trato de no flaquear en sus sentimientos, trato de esconder la melancolía.

El día llego, Sandra se trasladaba a Quito, estaría ahí por ocho días. La espera seria eterna, mas ella se veía contenta, Daniel estaba al teléfono y comenzó a escuchar un tema en la pc, el tema era de Marco Antonio Solís "donde estará mi primavera" " el se la puso y empezó a cantársela al oído, Sandra respondió que estaba por abordar el avión, Daniel le deseo suerte.

Los días pasaron con desespero, entre el trabajo y el gimnasio a Daniel se le fue la semana, no sin antes llamar a casa y preguntar cómo estaban las niñas, su cuñada Esther le dijo que las niñas estaban bien y que si no sabía nada de Sandra, ya que no se había comunicado a casa, a lo que Daniel le comento que ella estaba bien, y que en dos días regresaría, que no se preocuparan.

Por fin llego el tan anhelado día del regreso, Daniel estaba muy emocionado, sabía que todo había salido bien, Sandra le llamo desde el aeropuerto,

—Hola negro (que era como Sandra le decía de cariño a Daniel) como estás amor, ya regrese

—como te fue

—muy bien, fíjate que todo salió muy bien, muchos acuerdos, compromisos, alcanzamos a cubrir toda la agenda que teníamos planeada, conocí a gente muy importante y creo que se dieron las expectativas

—huyy que bien negra (que así también Daniel llamaba a Sandra), las niñas van a estar muy contentas

—si así creo negro

—bueno amor, termina de desempacar, nos hablamos más tarde, estoy contento que hallas regresado con bien

—ok amor, nos hablamos al rato

—te amo negra, y sabes ¿qué? Te extrañe mucho

Esa era la forma de tratar al amor, era extrañarse, era estar ausente sin estarlo, era sentirse amado muy a pesar de la distancia, eso era el amor, se amaban con el corazón, el amor se sentía en el aire, se sentía aún en la distancia, se sentían conectados el uno del otro, no había dudas del amor que sentían el uno del otro.

Las cosas continuaban sin dejarse de amarse el uno del otro, extrañarse era quizás una forma más de sentirse vivos, parecía que el hastío ya no era cosa que les perturbara el corazón, todo estaba ahí no hacía falta nada, solo la presencia del amor.

Siguieron los viajes de Sandra, las ausencias dolían, mas el deseo de Salir avante en mantener el amor a como diera lugar dio pauta a que se estrecharan aun más los lazos afectivos. Por fin llego el día tan esperado, Daniel por fin volaría en busca de su amada, todo estaba preparado, antes del vuelo Daniel se comunicó con Sandra,

—Hola amor

—Hola "negro", ya estás listo?

—ya nada mas estoy revisando que todo esté en orden, y tú?

—ya, estoy nerviosa, no sé, me siento rara

—pero ¿porque "negra"? ¿que pasa? No hay razón para que estés nerviosa, más bien es para que estés tranquila

—si yo lo sé, solo que tengo miedo que cuando me veas no sea lo que esperas

—tranquila, solo sé que te amo y a tu encuentro voy, solo es cuestión de horas

—si, bueno iremos a esperarte al aeropuerto mi prima y mi hermano

—a que bien, bueno "negra" te tengo que dejar, debo de dormir un rato, el vuelo será largo

—ok amor, nos vemos en un rato

—bye, y no olvides que te amo

—yo también, murmuro Sandra,

Esa noche Daniel no pudo conciliar el sueño del todo, pues como era lógico se enfrentaba a la felicidad, pero a la misma vez a la incertidumbre de que pasaría si Sandra no se aparecía por el aeropuerto, más el sueño lo venció y se quedó dormido. Pasaron las horas, el despertador lo levanto, se baño, se vistió hizo algunas cosas que hacían falta, tuvo tiempo de almorzar y poner en orden las ideas, llego la hora de partir, salió caminando rumbo a la estación del metro más cercana que quedaba como a quince minutos de distancia.

El avión Salía del aeropuerto de San Francisco California a las 2 de la tarde con destino al aeropuerto Kennedy de Newark en Nueva York, Continental Airlines, era la línea aérea, era un momento de emoción, era viajar a lugares desconocidos, Daniel iba en busca del amor, ahí le esperaba la dicha, no tenia que voltear atrás, simplemente era vivir el momento. El vuelo de San Francisco a Newark duro seis horas, había que esperar otras seis horas más, ya que el avión salía a las 4:15 con destino a Santo Domingo, el vuelo se retrasó una hora, ya que más podía pasar, solo era cuestión de esperar, por fin llegó la hora del despegue, Daniel se acomodó en su asiento y en cuestión de hora y media el avión aterrizaba en el aeropuerto internacional las Américas de Santo Domingo, al momento del aterrizaje Daniel se dio cuenta de algo, la gente aplaudía por el aterrizaje, era algo que nunca antes había visto, fue muy emocionante; el paso por la aduana fue rápido, no tomo más de media hora, ya que en otros lugares toma horas pasar por esa puerta y hacer el trámite migratorio; Daniel entrego su pasaporte y se lo sellaron

—Bienvenido a Santo Domingo, le anuncio el agente de inmigración

—muchas gracias

—si no trae nada que declarar le sugiero que pase por esa puerta

Afuera la gente esperaba por sus familiares, camino unos cuantos metros en la sala de espera, y ahí estaba Sandra, radiante, bella, la acompañaba su hermano y su prima; el abrazo fue eterno, era tocar el cielo, era alcanzar la gloria, al fin ese encuentro tan esperado, el beso fue corto, pero preciso, se abrazaron por largo rato, el la cargaba, le besaba la frente, la boca, en fin se hicieron las presentaciones

—ah mira "negro" ella es mi prima Verónica, y el es mi hermano Juan

—mucho gusto y gracias por estar aquí, de hecho les quiero pedir una disculpa por hacerlos esperar, más bien por tenerlos despiertos tan temprano y les agradezco de todo corazón el hecho que estén aquí conmigo

—no tienes nada que agradecer; replico Verónica; en realidad nosotros queríamos compartir con Sandra este momento

—ahh que bien, pues bueno muchas gracias. Acto seguido se dirigieron hacia donde tenía Sandra estacionado su carro, se subieron en el y se retiraron del aeropuerto, en el trayecto rumbo al hogar de Sandra, Daniel podía sentir todo el amor que emana de una relación a distancia, no dejaba de abrazar a Sandra, estaba feliz de estar en tierras Caribeñas, él podía sentir el olor a fresco, el olor a agua salada, el olor de una ciudad que lo recibía con los brazos abiertos. Pasaron a dejar a Verónica a su trabajo, ella laborada en una empresa haciendo todo lo relacionado a la contabilidad y se veía también contenta de tener a Daniel en casa, de saber que su prima Sandra estaba disfrutando de esos minutos que te da la vida y que se llama felicidad, después de eso pasaron a dejar a su hermano Juan a donde también el laboraba, y de ahí enfilaron a una colonia que estaba fuera del perímetro del área conurbada. Por fin llegaron a la casa, y ahí le esperaban sus dos hijas de Sandra que para ese momento ya se alistaban para ir al colegio, ya que era el último día de clases.

La casa estaba en soledad solos Sandra y Daniel frente a frente, se abrazaron y se besaron con pasión loca y desenfrenada hasta terminar en la cama, la espera valió la pena era lo que Daniel pensaba y sin dar más tregua que al respiro consumaron su amor; la entrega fue plena, no se podía pedirle más a la vida, no se le podía exigir al destino que diera más de lo que le estaba dando en ese momento a Daniel,

—Gracias amor, gracias por estar aquí, gracias por dejarme entrar en tu hogar, en tu corazón, gracias por compartir tu cuerpo conmigo, espero que seamos felices siempre, siempre

—Gracias a ti Daniel, porque te decidiste a venir de tan lejos en busca de mi, del amor, gracias a Dios porque nos está permitiendo estar juntos

—así es amor, no sé qué más decir

—No digas nada, solo bésame y abrázame; Sandra lo apretó hacia ella y se quedaron tendidos en la cama por un buen rato. Daniel se preguntaba que había hecho para merecer tener una mujer como Sandra a su lado. Daniel se quedó dormido por un par de horas, el vuelo había sido largo y ese par de horas para él fueron vitales, recuperar las energías después de un momento de felicidad no era tarea fácil, mas Daniel ya se había despertado, estaba justo ahí dándole cabida a la felicidad, acurrucándose con el destino, no había más nada que hacer, solo vivir ese instante, solo disfrutar ese momento como si fuera un manjar dulce y delicioso, solo eso.

—Báñate amor, tenemos que ir al colegio de las niñas, hoy es su último día de clases, pasamos por ellas y nos vamos al centro a ver a donde trabaja "Vero"

—Aaaaah, está bien "negra", replicó Daniel. Se tomó una ducha, el agua al principio parecía muy fría, más bien se sentía fría, la mente le decía, "piensa que no está fría" y así su cuerpo se acomodó a la temperatura del agua, era más bien aclimatarse a los cambios, Daniel recordaba las palabras que su madre solía decirle, "el ser humano es un ser de costumbres, acostúmbrate a todo lo nuevo, que después y con el tiempo todo esto se te hará costumbre" y así fue. Tomar una ducha no tomo demasiado tiempo, después de cambiarse se dirigieron al colegio de las niñas, había una fiesta de despedida, un festival, ya que se terminaba el año, las niñas se la habían pasado del todo bien, a Daniel le gustó mucho el estar en esa situación, tenía bastante tiempo sin que él se sintiera así, recordaba lo que siempre anhelo, ser padre, llevar a los hijos a la escuela fue algo que el destino no le pudo dar, y el hecho de estar en esa situación lo hacía más especial, pues en las niñas él veía esa posibilidad, la posibilidad de ser padre de tiempo completo; las niñas se veían contentas, todos se subieron al coche y enfilaron rumbo a la ciudad; Santo Domingo se veía a lo lejos. Durante el trayecto a Daniel le parecía maravilloso estar en ese lugar al lado de la mujer que él amaba, y más aún con las niñas a su lado que ya pasaban a ser parte de su familia, era como volar entre nubes, ya que los que lo han experimentado dicen que se siente como si se estuviera en un sueño profundo pero a la vez despierto, y era exactamente así como Daniel se sentía, qué más le podía pedir a la vida. El tiempo paso, y sin darse cuenta, ya estaban en las oficinas donde trabajaba su prima Verónica, era un lugar muy pequeño, pero se respiraba un a paz, una tranquilidad similar a la que se experimenta en los sitios callados, como las iglesias, además todos los empleados trabajaban en harmonía, eso Daniel lo pudo percibir. Se despidieron y acordaron verse mas tarde. Las cosas transcurrieron en calma, se visitaron lugares, el que más le cautivo a Daniel fue la zona colonial de Santo Domingo ya que todo lo que tenga que ver con la belleza de los edificios y de su historia era algo que a él le encantaba, ver a la gente, su colorido de los edificios, en esa zona les ocurrió algo que le llamo la atención a Daniel, estando en uno de eso lugares interesantes de la zona colonial, una persona se les acerco,

—gustan que les muestre la zona Colonial, es algo simple y sé que les va a encantar. Los tres accedieron ya que en esa ocasión Juan los acompañaba; el recorrido se hizo sin contratiempos, incluso pasaron hasta donde se encontraba la embajada de México, país de origen de Daniel, el recorrido llego a su fin, y la persona que los guiaba les dice;

—son $1000, por el servicio

—pero como es eso, replico Sandra, en ningún momento nos dijiste que nos ibas a cobrar eso, si lo hubiésemos sabido lo pensamos; era obvio que esa era la manera como esa gente se ganaba el sustento de todos los días, mas era obvio que también eso sonaba como un abuso por parte de esa gente, en suma Sandra acordó darle la suma de $600. La experiencia estuvo plagada por ese descontento aunque después del hecho Daniel se reía por dentro, en fin era cuestión de buscarle el lado bueno a las cosas. Otro lugar que se le hizo interesante fue el "Conuco" un restaurant con servicio de buffet y servicio a la carta, pero más que por la comida fue por el espectáculo que el lugar ofrecía, no era un espectáculo plagado de artistas o luces, era algo simple, algo que en unos simples bailes mostraba la idiosincrasia y el folk clore de un país como Republica Dominicana, fue una experiencia maravillosa. Los días pasaron entre la capital y la Vega, una ciudad que quedaba a hora y media de un punto al otro, sin embargo se visitó un lugar campestre en donde solo se pernocto una noche, esa noche, cuando se arribó a ese lugar se celebraba una boda, se había llegado hasta a ese punto por una sugerencia de un amigo de Sandra, el cual había comentado que era una hacienda en donde se podía tener contacto directo con la naturaleza y eso era lo que a Daniel le gustaba, las cosas simples de la vida, en si era algo que él había aprendido tiempo atrás, el estar alejado de la muchedumbre era algo que a Daniel le gustaba, los lugares concurridos le causaban des confort, ya que los lugares de paseo turístico son puntos donde se reúnen cientos de gentes para vacacionar, o sacar el estrés, pero a Daniel eso era lo que evitaba, más bien lo que él buscaba era un momento de quietud, de soledad para estar en comunión, en sintonía sentirse cerca, más cerca de Sandra, compensarle al tiempo lo que la distancia les estaba quitando, lo que Daniel buscaba era estar más cerca del alma, del amor y del corazón de Sandra. La noche fue un preludio lleno de colores por el ambiente del baile, la música, la comida y los asistentes a la boda, pasado la hora del jolgorio estando ya en los aposentos, y después de hacer el amor, de redescubrirse el uno al otro, la fatiga y el cansancio terminaron por minar las energías de Sandra y acto seguido el sueño la venció, estaba cansada del viaje que había tenido sus inconvenientes debido a que en el trayecto hacia la hacienda, el carro comenzó a calentarse, pero ya eso había pasado, Sandra dormía plácida, radiante, aun dormida su rostro era paz, era luz, y ahí a la luz de una lámpara Daniel supo que Sandra era la elegida para él, se quedó absorto por más de veinte minutos observando su rostro, su figura, la hermosura de su cuerpo desnudo inerte, postrado junto a él, una vez él se preguntaba a si mismo que había hecho para merecer un regalo así, el tener a Sandra junto a él era algo que agradecía al cielo, los pensamientos lo absorbieron y de la misma manera que Sandra él se quedó dormido. Serian como a las 4:30 o 5:00 a.m. que el canto de los gallos lo despertaron, se estiro en la cama, Sandra aún seguía profundamente dormida, sin hacer ruido se levantó de la cama, se lavó la cara, se lavó los dientes y volvió al lecho, ahí estando junto a ella comenzó a jugar con sus cabellos, la miraba y le susurraba al oído;

—sabes que te amo mucho, que daría mi vida porque este momento no muriera, en verdad sabes cuánto te amo, cuanto mi alma te pertenece, te voy a amar toda la vida, te adoro mucho mi negra bella. Al sentir la presencia de él Sandra despertó y con un beso y un abrazo apasionado terminaron fundiéndose de nuevo el uno al otro. Los ruidos del pasillo los hicieron recuperar la calma, se oían las voces de Esther la hermana de Sandra que se había unido al viaje, lo mismo que de su prima Verónica que ya los llamaban. —Sandra, Daniel, apúrense que el desayuno está listo nos están esperando afuera.

—Ya vamos, respondió Sandra. Para Daniel el estar con Sandra en el baño, desnudos era algo que le despertaba pasión y entre tallones, espumas del jabón, burbujas del champo y besos el amor toco la puerta de la pasión, todo lo que pasaba era maravilloso, era el despertar a un nuevo mundo, era sentirse como un descubridor de pasiones nuevas. La mesa estaba puesta, jugo de naranja, sándwiches de jamón con queso y puesto, pan caliente, café y flores en el centro de la mesa, todos desayunaron, el propietario de la hacienda se acercó a darnos el saludo de buenos días y a hacernos sugerencias de lo que se podía hacer en su propiedad, pero todos dijeron que no, que ya se marchaban después del desayuno; y así se hizo, después de pagar el costo de lo consumido, se empacaron las cosas y se dispusieron a tomar camino, no sin antes tomarse fotos en el jardín que a decir verdad olían a fresco, a hierbas, a flores del campo. Camino a la ciudad de la Vega, Verónica sugirió que se pasaran a las cascadas de Jarbaca, que estaba de paso, el camino era muy bonito, parecido a los caminos de California, por la vegetación tupida del lugar, cuando arribaron al lugar, un militar les dijo que no había paso a las cascadas, ya que las últimas lluvias habían averiado el camino y todos se conformaron con tomarse fotos de lo poco que quedaba de los destrozos causados por las tormentas pasadas.

—¿qué tienes? Pregunto Daniel a Sandra

—nada, respondió ella

—te noto tensa, preocupada, estás segura? Bueno no, en si estoy preocupada de que las niñas le hayan dicho a su papá que tú estás aquí

—pero porque tiene que preocuparte, si te preocupa es porque entonces mantienes una relación con él

—no como crees, solo que no quisiera que hubiera malos entendidos. Eso fue algo que no le gusto a Daniel y en su mente comenzó a sacar conclusiones del porque de la situación con su ex esposo le preocupaba tanto, Daniel sentía que había algo inconcluso en esa relación, pero hizo caso omiso y solo se limito a decir; "ni te quito, ni te corto libertad, haz lo que tengas que hacer". Durante el trayecto de regreso la situación se puso un poco tensa hasta que llegaron a la casa de los Padres de Sandra; se hicieron las presentaciones y a Daniel le agrado mucho la familia de Sandra, toda su familia era agradable, la estancia en casa de los "jefes" como él les llamaba fue agradable. Llego el 24 de diciembre y se hizo la cena, Daniel cocino con

la asistencia de Esther, el menú fue sencillo, "beef
straganoff, pollo en salsa verde, arroz, ensalada,
y postre. Todo fue perfecto, se dieron los abrazos,
los buenos deseos, y hubo un poco de baile. De
regreso en la capital se visitaron otros lugares con
las niñas y con Verónica, se tuvo que regresar a
la casa de los padres de Sandra para la cena de
año nuevo, esta vez la cena fue sencilla como la
del 24, solo que a Daniel le dio por convivir con el
"jefe" y se tomaron unas cuantas cervezas y termino
rematando la parranda con el hermano de Sandra,
José, que también le agradaba mucho a Daniel.
Al día siguiente la jaqueca y el malestar de una
noche de tragos hicieron que Daniel se sintiera fatal,
ya que tenía mucho que no probaba alcohol, y el
camino de regreso a la capital durmió en todo el
trayecto; ya estando en la casa, en la capital Esther
le preparo una sopa de pollo que le supo a gloria.
Se llegaba el momento de partir, no sin antes llevar
a las niñas a la compra de sus regalos ya que al
día siguiente era día de reyes y como es tradición
en toda América Latina es una fecha muy celebrada
por niños y adultos, había que comprar los juguetes
para las niñas y los dos se dirigieron a un lugar
muy concurrido por los Dominicanos; estando en la
tienda Daniel se percató que una de las personas
que atendía el lugar o que daba servicio al cliente
era sordomuda y Daniel en algún momento de su
vida había tomado un curso del lenguaje para
sordomudos, así que no fue tan difícil entenderse
con la chica. Las niñas estaban felices, tenían los
juguetes que le habían pedido a los reyes magos,
y para Daniel el verlas reír era algo que le llenaba

también de alegría. Esa noche fueron a cenar a pizza Hutt, era su última noche junto a Sandra, ya que al día siguiente él regresaba a California, los días habían pasado volando, sin embargo en el recuento de las cosas que Daniel había conseguido se daba cuenta que había logrado mucho más de lo que él había pensado. La mañana estaba fría, había un poco de lluvia, la llegada al aeropuerto fue más rápido de lo previsto así que después de checar el pase de abordaje, Daniel charlo un rato mas con Sandra y Esther, que tenía un poco de frio, quizás porque era muy temprano para ella, mas se solidarizo con su hermana y también estaba ahí, diciendo presente, ese era un detalle que Daniel tomaba muy en cuenta. Por el alta voz se hacia un llamado a los pasajeros con destino a Newark, era tiempo de abordar el avión, se dieron el abrazo y se sentía como si fuera el primer día, estaban triste los dos, pero a la vez conscientes de que no era una despedida, sino una bienvenida a una nueva vida.

A la llegada al aeropuerto el oficial de inmigración llama a Daniel a una ventanilla y le dice que lo va a revisar, le pregunto qué de donde venía, a que había ido, cuantos días paso de visita en el país que había visitado, a lo que Daniel sin inmutarse le dio las respuestas y en menos tres minutos ya había pasado la revisión, sin embargo se percató que tenían a tres damas sentadas en línea y estaban esposadas, al parecer tenían problemas con la autoridad y en su mente vinieron las preguntas; "harían esas mujeres? Drogas, documentos falsos, que sería?" de igual manera se preguntaba que pensaban esas mujeres de su suerte, el agente de migración le notifico que tenía que apurarse, así que siguió su camino. La espera para el cambio de avión fue de cuatro horas, y otras cinco y media para llegar al aeropuerto de San Francisco. De regreso a su apartamento María, su roo mate le pregunto cómo le había ido en el viaje, él contesto que bien. Ella lo puso al tanto de las cosas que habían pasado en el apartamento;

—don Daniel (que era como ella lo llamaba), fíjese que se daño la llave del agua en la cocina, el toilette tiene fuga de agua y el calentador no funciona. Era una buena manera de comenzar el año, mas eso no lo desanimo, así que en menos de seis horas todos eso mínimos detalles estaban ya corregidos. Parecía que el alejarse de casa traía problemas, mas Daniel le dio un enfoque diferente, más bien eran imprevistos, pensó para sí mismo, y lo bueno era que los problemas tenían solución.

Fue sorprendente para Daniel encontrar un correo de Sandra en el cual ella le decía lo mucho que lo amaba, y que esperaba que todo estuviera bien. Y así fue, todo iba a la perfección, la comunicación era más fluida, los correos electrónicos no fallaban, y si Sandra se encontraba ocupada o en reuniones o conferencias, siempre encontraba la manera de responder los mensajes, era un amor que a todas luces sorprendía a propios y a extraños pues muchos de los que sabían del amor de los dos se preguntaban cómo habían sobrevivido a la distancia y siempre la respuesta era la misma; "el amor lo puede todo". El amor rompía las barreras y las reglas establecidas, y de la misma manera que se planeo el primer encuentro se concertó u segundo y este sería una semana antes de la semana santa. Lo bueno de esto era que Daniel tenía una semana de vacaciones y no dudo en reservar su boleto de avión.

En esta ocasión Daniel volaría por American Airlines, el vuelo era más directo y no había que esperar demasiado tiempo para tomar el otro avión; las cosas eran distintas, el avión salía del aeropuerto de San Francisco a las seis de la mañana. Le tomo veinte minutos caminando para llegar a la estación del Bart, ya que a esa hora no había transporte público, con el nervio en el pecho, y las ganas de ver de nuevo a Sandra, llego justo a tiempo para tomar el avión, ya que el tiempo que se hacía de la ciudad de Richmond al aeropuerto era de una hora. El avión despego, y habían pasado algo así como dos horas de vuelo, cuando el capitán del avión hacia un anuncio; — Damas y caballeros, estamos pasando por una zona de turbulencia, les pedimos de favor que permanezcan en sus asientos y se abrochen los cinturones de seguridad, favor de mirar con atención el video que unos segundos comenzara a pasar en caso de un aterrizaje de emergencia—; era algo para dar miedo, mas afortunadamente nada paso, el avión soporto la turbulencia y más de un pasajero a bordo respiro profundo, pues las sacudidas que el avión daba, eran para estar alerta, mas para Daniel eso no importaba, ya que si pasaba algo seria en nombre del amor. Después de cinco horas y media de vuelo el avión aterrizo en el aeropuerto de la ciudad de Miami, el clima estaba sensacional, había mucho movimiento a esas horas en todas las estaciones de las líneas aéreas; el pasar por el punto de revisión fue mucho más rápido de lo que Daniel pensaba, ya que en San Francisco tomaba algo así como 45 minutos en contraste con los 20 minutos que le tomo pasar por la banda de seguridad. Estando en espera de la salida de su vuelo, lo anunciaron que se había cambiado de andén, eran solo dos andenes más adelante. Se percató que una señora que viajaba a Santo Domingo regañaba a su hijo por haber derramado un refresco de lata, Daniel no hizo caso a eso, pero reflexiono acerca de lo que un simple hecho provocaba en una madre, que era más importante en ese momento, ponerse feliz porque viajas a tu país de origen o enojarte por un simple líquido que se derramo, eso era algo simple, más la dama se percató que Daniel la observaba y este le regalo una sonrisa. El viaje no fue muy largo esta vez el avión llegaba a las 9 de la noche al aeropuerto de las Américas de la ciudad de Santo Domingo, el tramite fue rápido no hubo mucho para retrasarse, ya se sabía que cual era el procedimiento, así que no hubo ningún contratiempo, el paso por el servicio de aduanas fue rápido, y al salir al andén de espera, donde se encontraba toda la gente esperando por sus familiares ahí estaba ella, radiante, alta, preciosa como siempre, ella corrió a abrazarlo y él también la abrazo, se fundieron en un abrazo fuerte, lleno de amor y de esperanza, justo ahí con ellos estaba la otra hermana de Sandra, Victoria y su hija, aunque era de noche, se veía luz, se palpaba felicidad en los rostros de ambos que no dejaban de abrazarse y Victoria de decir "vámonos que se hace tarde". Camino a casa Daniel le comento a Sandra que traía hambre, así que decidieron pasar a comprar pollo, al cual le gustaba mucho a Daniel, ya que antes había comido ahí con Sandra y con su prima Verónica, se compró el pollo y también yuca, que también le gustaba mucho y que además forma parte de la dieta de la mayoría de los Dominicanos. Se cenó en casa de Sandra y después de la charla y cosas que se tenían que charlar llego el tiempo de ir a descansar, Daniel sentía muy cerca de su corazón a Sandra, y al apagar la luz de nuevo la entrega fue como el primer día. El canto de los pájaros y el murmullo de Esther hicieron que Sandra se levantara de la cama de prisa, era Jueves, y las niñas tenían que ir a la escuela, así que no hubo razón de más para quedarse en la cama, se prepararon para salir a la escuela, Daniel las acompañaría, afuera se escuchaba el claxon de un vehículo, era Verónica que pasaba por Esther, ya que las dos laboraban en el mismo lugar, Daniel salió a saludar;

—Hola Vero, como te va, ya lista para el trabajo

—Así es Daniel, hay que trabajar, y hay que lidiar con el tráfico

—Bueno, deseo que tengas un día maravilloso

—Gracias, nos vemos en la noche, cuando se van?

—No sé, no he checado eso con Sandra, pero creo que será mañana temprano

—Bueno, nos vemos más tarde

—Así sea, manejas con cuidado, recuerda que hay mucho en la calle. Y con una sonrisa y un movimiento de despedida con las manos Vero enfilaba su auto rumbo a la capital. Vero había preguntado por eso ya que se tenía planeado unos días de calidad, en un lugar cerca de Puerto Plata, peo Daniel no sabía cuando se iban, así que dejo eso para más tarde

—"Negro" las niñas ya están listas; dijo Sandra, las llevas a la escuela.

—Claro amor, okey, niñas, ya están listas, vaaamoooonos. Y las niñas agarraron sus mochilas. Camino a la escuela Daniel les preguntaba que más le gustaba de la escuela a los que las dos dijeron que les gustaba jugar, los amigos, la maestra, y todo lo que tuviera que ver con la escuela. Al llegar a la puerta del colegio una señora se quedo mirando a Daniel, quizás se preguntaba qué relación había entre él y las niñas, y Daniel se dio la vuelta y camino a casa se empezó a reír, a veces a la gente le da curiosidad por preguntar por cosas que no son comunes y este era el caso, él nunca antes se había aparecido por ahí, y era normal que la gente lo volteara a ver e incluso que se preguntaran, " quien es el tipo", al menos le quedaba claro algo, era bueno saber que su presencia se había hecho notar. Cuando llego a casa le comento a Sandra lo sucedido y ella se hecho a reír. El resto del día se dedicó a pasear por la zona colonial, regresaron a casa para hacer de comer para las niñas que ya no tardaban de regresar de la escuela. La tarde se fue muy rápido y de repente comenzó a llover;

—es una vaguada, replico Sandra; y eso no es muy común, porque se supone que no es temporada de huracanes

—bueno, solo espero que esto no nos cancele el viaje

—no como crees, esto se quitara. Sandra se dirigió a la cocina y regreso con dos tazas de té de jengibre, se sentaron en las mecedoras y así se les llego la noche. En ese momento llegaron del trabajo Esther y Vero, venían muy cansadas, al parecer tuvieron contratiempos en el trabajo, mas eso ya había pasado, ya estaban ahí, y comenzaron a platicar; los temas surgieron por todas partes, y al final se acordó que al día siguiente los dos saldrían a Luperón que era el nombre del lugar donde tendrían su "luna de miel" a decir de Sandra. A la mañana siguiente y depuse de ir a dejar a las niñas al colegio y de hacer los arreglos con Esther acerca de las niñas que se quedarían con ella hasta que se regresara de Luperón; los dos metieron maletas en la cajuela del coche y se dirigieron rumbo a la ciudad de la Vega, pasarían a saludar a los padres de Sandra y de ahí enfilarían rumbo a Luperón. El camino no fue tan pesado, ya Sandra conocía el lugar, solo que algún momento le falló la memoria y hubo necesidad de bajarse a preguntarse si iban en la dirección correcta, ya que los letreros no eran tan claros y confundían al conductor. Tras casi tres horas de camino por fin arribaron al Resort, se hospedaron y comenzaron a disfrutarse el uno del otro, atrás quedaban las preocupaciones, los problemas, el trabajo, todo quedaba atrás, en ese momento eran solo los dos en busca del momento de quietud, en busca del éxtasis, en busca de las mieles del amor, era momento de redescubrirse, de amarse, no de hacer el amor, ya que hay una confusión al respecto ya que el amor no se hace, el amor está ahí, más bien se disfruta, eso era para ellos el amor. Estuvieron tres días y durante esos tres días no quedo lugar para la duda; se amaban, se adoraban, estaban hechos el uno para el otro, eso era amar, era volar, era soñar, era alcanzar la libertad, y los dos la habían alcanzado. Después de la tempestad viene la calma y fue preciso regresar a la cotidiano; ese día, momentos antes de partir a Sandra le dio por hacerse las trenzas, un peinado que le tomo como dos horas que se lo hicieran, y estando ahí Daniel tomo una foto que seria a la postre el símbolo de su estadía en ese lugar, ya que las fotos que ambos se habían tomado en ese lugar mostraban la alegría del amor. De regreso pasaron nuevamente a casa de los padres de Sandra y después se arribo a la capital. Ahí las niñas estaban contentas de ver a Sandra y Daniel podía ver lo que realmente significaba tener un hogar. Por fin llegó el momento de partir y esta vez Daniel se sentía triste, porque quería quedarse con el amor, quería quedarse con Sandra, pero ella le decía que tenía que regresar a trabajar y que se preparara pues a ella le gustaría volverlo a ver en las vacaciones de verano.

Daniel regreso a casa, traía unos regalos, unas muñecas de barro que representan el arte de la cultura de Sandra, las coloco en la mesa de centro al igual que una foto de Sandra, María vio la manera como él colocaba las cosas y le llamo la atención;

—se ve que usted quiere mucho a esa muchacha don Daniel, replico María

—así es María, la amo tanto que por ella soy capaz de todo, solo el hombre que está enamorado hace compromisos con el corazón y se aferra al corazón de la mujer amada.

—Qué bueno don Daniel, me da gusto por usted.

—Gracias María, acto seguido ella se metió a su recamara, eran pocas la veces que ellos platicaban o cruzaban palabra por el trabajo de ella, ya que María trabajaba de noche y descansaba de día.

Los días pasaron y la melancolía comenzó a apoderarse de Daniel, estaba desesperado por regresar con Sandra y ya hacia planes para el siguiente viaje; habían tantas cosas en juego, muchos sueños, planes a largo y a corto plazo, solo era cuestión de esperar, era solo eso, cosa de tiempo.

Fue el mes de mayo, serian como a las diez de la noche que ya no pudo más con su soledad y su melancolía, que lo hicieron pensar en el alcohol; fue a comprar una cervezas y entre alcohol y música le dio por entrar al lugar donde había conocido a Sandra, y ahí fue donde el descubrió que Sandra tenía muchos amigos, que tenía una doble vida, y eso le cegó la razón, desesperado y sintiéndose burlado por Sandra, comenzó a llamarla, para entonces ya el alcohol había hecho presa de él;

—helo, se escuchaba del otro lado, la voz estaba adormitada, era Sandra, la que hablaba, "que sucede amor, te pasa algo, son las dos de la madrugada y yo tengo que trabajar mañana"

—me preguntas que sucede, mejor dime tu que sucede, desde cuando me engañas

—¿de que me hablas? No sé de qué me estás hablando

—¿aah no sabes de qué te estoy hablando? Ahora resulta que no sabes de qué te estoy hablando, ¿me puedes decir desde cuando me engañas?

—no sé de qué me hablas, déjame dormir y mañana hablamos. Sandra colgó el teléfono y Daniel volvió a insistir, pero esta vez solo entraba el correo de voz, Daniel se sentía preso, desesperado, como león en una jaula, los celos acompañados del alcohol ya habían hecho presa de él, no se podía salvar de esas garras de la desconfianza y de la estupidez, para él en ese momento no existía otra razón más que la de él, así siguió tomando hasta quedar totalmente noqueado, entre la música de Vicente Fernández y las cosas negativas de Sandra se quedo acostado, dormido sumido en la desesperación y el desconsuelo de su descubrimiento. El ruido lo despertó, eran las siete de la mañana, ya que a esas horas es cuando María regresaba a casa, abrió la puerta de su recamara y María se lo quedo mirando

—¿Que le pasa don Daniel?

—Nada María

—Pero como dice que nada, si esta hecho todo un tiradero en la sala

—No se María, no me preguntes. Volvió a cerrar la puerta de su recamara y se volvió a dormir. Despertó como a las tres horas y el recuerdo de lo que había descubierto lo hizo volver a su estado de ánimo negativo; volvió a llamar a Sandra y ella no contestaba; desesperado llamo a Vero, y le conto lo que había descubierto. Vero siendo muy objetiva le sugirió que se esperara a que Sandra le diera una explicación, más para Daniel no había lugar para la razón, el alcohol lo llevaban a ese extremo.

Daniel llamo a Margarita y le explico lo sucedido, ella trato de animarlo y le dijo que se olvidara de ese incidente, mas él no quiso hacer caso omiso y decidió ir a casa de ella, y ahí volvió a embriagarse, el alcohol lo cegó, y la malicia de Margarita lo convencieron para que llamara a Sandra y le hiciera saber que era una cualquiera; los insultos y las injurias ya estaban hechas, se habían pasado los límites de lo permitido, se había ofendido lo más querido, los improperios terminaron por sepultar aquel amor que una vez los había unido, el alcohol y la ignorancia habían hecho desastre en la vida de Daniel, la ofensa ya estaba hecha, no había vuelta atrás. Dicen que después de la tempestad viene la calma, pero para Daniel no fue calma, fue el despertar de la tormenta que él mismo había desatado, ahora le tocaba a él tratar de mantener a flote el barco del amor, que el mismo con su actitud había querido hundir, se lamentaba lo sucedido. Parecía que la vida le daba una segunda oportunidad de reivindicarse, mas tenía que emendar los errores, llamo a toda la familia de Sandra y aunque aceptaron las disculpas él sabía muy en el fondo que la taza que se rompe ya no se vuelve a unir, ya no había tiempo para el arrepentimiento, recordó la frase de su madre, " las palabras cuando llevan la intención de herir matan, y una vez que las sueltas tu lengua es incapaz de regresarla a tu boca, así que piensa lo que vas a decir, porque si vas a abrir la boca para decir tonterías mejor no la abras, y recuerda siempre, el pez por la boca muere"; ese consejo ya no importaba, el daño ya estaba hecho, como puedes pegar una taza que se ha roto, como le explicas al corazón tu actitud errónea, como rectificas el mal que hiciste, como le pides consejo al corazón si fue la mente la que te llevo a ese extremo, se decía Daniel a sí mismo.

No hubo tiempo para más, a Daniel le dio por tomar otra actitud, prometió no volver a molestar a Sandra, a no llamarla, más el recuerdo de aquello que había vivido junto a ella no lo dejaban tranquilo, quería que el tiempo regresara atrás y volver a hacer las cosas mejor, pero a la vez él pensaba que el querer regresar el tiempo atrás era solamente una buena intención, el querer o el hubiera son exactamente lo mismo, así que se resignó a la perdida, ya no quedaban fuerzas para luchar, ya todo era en vano, ya paz que, se decía así mismo.

El tiempo borra todo, había escuchado decir a mucha gente, más para él no era cosa de tiempo, era cuestión de enfoque, de actitudes y de compromiso, trato de llenar ese espacio con otras cosas, se enredó en amores, busco la compañía de otras mujeres, pero algo pasaba, que todo se volvía un fracaso, había algo dentro de él que no lo dejaba avanzar, era la esencia del amor que había dejado Sandra. Intento regresar con Margarita y después de un año las cosas no funcionaron. Resuelto a hacer su vida, retomo las cosas con calma, trato nuevamente de reconquistar a Sandra; al principio fue difícil, ahora él hacia concesiones, parecía que los errores del pasado la habían pasado factura, ahora en este nuevo episodio era Sandra quien tomaba las riendas de la relación, y era ella quien marcaba la pauta, a Daniel no le quedaba nada más que aceptar lo que Sandra dijera o hiciera; las llamadas eran más escuetas, los correos electrónicos eran contados, los mensajes de texto ya ni se leían, parecía que la tarea por reconstruir sobre las ruinas del pasado era tarea vana que no traería recompensa, al menos para Daniel; y así entre peleas y reconciliaciones el tiempo fue factor para que Daniel se diera cuenta que las cosas no cambiarían al menos en mucho tiempo. Ya habían pasado dos años de aquel triste incidente que había marcado a Daniel, pero parecía que las sombras del pasado asustaban a Sandra, y así entre frio y calor las cosas siguieron su curso.

—Sandra, compre mi boleto para viajar a México, estoy muy emocionado, sin embargo me gustaría estar contigo, lo puedo cambiar, que dices

—No eso no puede ser posible, bueno, en realidad yo no te quito la intención que vengas a Dominicana, puedes visitar el país, pero no puedes venir a visitarme a mí

—pero ¿porque no? ¿que está pasando? ¿Porque no puedo verte?

—porque es muy simple, no te estoy esperando, no te he invitado a que vengas, como te dije, puedes venir al país, mas no me puedes ver porque no te he invitado". Daniel estaba consciente que algo no andaba bien, pues hacia un par de semanas que en apariencia todo estaba bien, más la realidad era otra

La respuesta fue demoledora, fue bastante incómoda, tomo por sorpresa a Daniel, se quedó atónito, anonadado, eso no era lo que Daniel esperaba escuchar, y a decir verdad eso era bastante entendible, no siempre se puede tener lo que se quiere y no siempre las cosas son como uno quiere que sean, sin embargo tomo aire, respiró profundo y decidió retomar el camino, era bastante fuerte para dejarse vencer y así lo hizo. El tiempo siguió su curso y se grabó eso en la mente, la opción era muy simple, no volver a pensar en Sandra, ya no tenía caso, ¿para qué? Así que Daniel regreso con Margarita, pero igual no se sentía cómodo, porque estaba con ella más amaba a otra, mas no quiso enfrentar esa situación, ya nada tenía importancia, quizás con el tiempo olvidaría lo que le estaba pasando, estaba confundido, a Margarita lo unía la solidaridad, porque la economía estaba bastante difícil, aun así Daniel decidió regresar con ella, más fue para apoyarla, para ser solidario y ayudar en recortar los gastos que conlleva una situación difícil por la cual mucha gente estaba pasando, sin embargo su corazón aún latía por Sandra y eso era bastante difícil para Daniel siempre estaba recordando, y siempre volcaba sus recuerdos a los días de gloria, a los días en los cuales Daniel encontró la paz, la dicha, se sentía feliz, mas Daniel entiende que la felicidad no es eterna pero atrás quedaban eso momentos tan bellos, tan intensos, todo eso quedaba atrás.

La vida te da oportunidades y solo se presentan una vez en la vida. Daniel no pudo ser feliz con Margarita, terminaron como buenos amigos, y él muy en el fondo sabia que a Sandra la había amado con el corazón, con el alma que hay cosas que la mente o la lógica no te pueden explicar.

Había pasado ya mucho tiempo y un día Sandra y Daniel se encontraron en un sitio llamado facebook, el encuentro estuvo lleno de matices, parecía que los colores del amor se hacían presentes, a Sandra y Daniel los tomo por sorpresa, ambos llevaban vidas totalmente distintas, vidas en paralelo, solo el amor hacia la magia de acercarlos y llevarlos al borde de la locura;

—Tu estarías dispuesto a regresar conmigo? Pregunto Sandra

—Claro, pero porque me preguntas eso, respondió Daniel

—Porque en mi todavía está tu esencia, esta lo que dejaste.

La sola idea del regreso era descabellada, y Daniel se dio cuenta que el tiempo para ser felices para los dos ya había pasado, la vida esta llenos de momentos y los momentos buenos o malos hacen de tu vida un himno a la alegría o uno a la tristeza.

La distancia y la ausencia duelen, la ignorancia transformada en celos sepultaron aquello que pudo ser sublime, ya no quedaba nada, solo el recuerdo, era tiempo de tomar maletas, de empacar el recuerdo, de cerrar círculos y de empezar una nueva vida. Renovarse o morir, lo mismo que las águilas, era tiempo de paz, tiempo de sembrar rosas en otra parte, de aquello solo quedaban cenizas que el viento se había encargado de llevar a otra parte donde el tiempo y el olvido nunca alcanzan. Sandra había llegado a la vida de Daniel, como esos barcos que llegan a los puertos cargados de ilusiones, llegan y se van, se pierden en la bruma a donde la brújula los guía, así se resumía la vida, eran como los barcos cargados llegan y se van, este llego un 7 de agosto y se fue como todos, que tienen que zarpar, hacerse a la mar, donde solo el capitán sabe si ese barco ha de volver.

❖ *Mi pasado estuvo lleno de luces y destellos, mi presente es ausencia de luz, oscura como la noche, amarga como el café; en suma destellos de luz y sombras.*

❖ *Solo sé que el día sucede a la noche y que habrá tiempo para volver a sonreír.*

❖ *Fue mi derecho el caerme en el suelo, mas tengo obligación de levantarme y volver a caminar.*

❖ *Siempre quise ver de noche al sol y de día a las estrellas, y así lo hice, por ese simple hecho me llamaron loco, y loco porque ame más allá de la razón, ame con el corazón, con el alma.*

LAS PUTERIAS DE EVA

Válgame Jesús del cielo, hasta San Martin de Porres supo de los sinsabores de la vida de ese pobre indefenso ser que llego a este mundo sin nada que le acompañe, uno de los niños que vivian cerca de la casa de mi novia se dieron cuenta de sus gritos, lloraba como llora un niño que pide de comer, los ojos aun los tenia cerrados, mas se veía tan tierna que el buen Niko decidió tomarla aun en contra de los deseos de su madre mas el como todo niño que esconde la inocencia en cada travesura y en su sonrisa decidió tomarla en sus brazos, le pregunto a su mamá si se podía quedar con la desamparada criatura, mas su madre enérgica dijo que no, ya que no le gustaban ese tipo de seres, se la llevo en sus manos, jugo con ella, le causaba mucha ternura, mas su madre miraba con cierto recelo las intenciones del buen Niko de quedarse con ella, mas el destino ya estaba escrito para ella, nació sin nombre y ese mismo día decidieron que se llamaría Eva Luna, como el personaje de los cuentos de la Allende, Eva en poco tiempo fue aceptada en la casa del tío Pancho quien al verla tan indefensa decidió darle un hogar a la buena de Eva, ya de entrada le habían dado un nombre además de bíblico un tanto polémico ya que Eva fue la primer fémina a decir de la Biblia y también fue ella quien decidió fornicar y probar el fruto de la sabiduría por lo cual fue expulsada del paraíso (algunos críticos dicen que fue por andar de Samaritana del amor) mas eso que importa, si a Adán también le gusto y acepto con gusto el castigo al pecado, a la osadía, mas eso ya es otro cuento, el detalle era que a la pobre de Eva se le abrían las puertas del paraíso, pues había caído en una buena casa en donde tenia de todo, un techo donde resguardarse, comida para no pasar hambre y el afecto del buen Pancho. Los días siguieron su curso y la buena de Eva cada vez crecía, no era una de esas tantas que andan por las bardas o en los techos de los vecinos, no, ella era una dama muy bien portada a decir del buen Pancho, pues solo comía y de ahí a su cama, no salía, quizás no era su costumbre o tal vez era que no le agradaba salir al exterior, mas como todo ser viviente, ella al paso de los meses comenzó a desarrollar su cuerpo y hacer más obvio sus encantos femeninos que no pasaron por alto por muchos de los galanes que habitaban por ese barrio, más de uno alcanzo a oler su cuerpo esbelto que dibujaba la silueta cuando esta se asomaba por las noches a tomar del aire que viene del mar de Cortez, ellos, los deseosos de poseerla ya habían puesto sus ojos en Eva, uno de ellos era de tez morena, es decir negra, por ende este prospecto era negro, habían otros dos de piel más clara, uno de ellos tenía la piel como moteada o con rayas, de ahí que su porte fuera el de un tigre, quizás este movió los sentimientos de la Eva quien ni tarda ni perezosa vio la manera de escaparse del hogar para darle rienda suelta a sus instintos, quería probar la mieles del amor algo tan puro y tan normal, y como siempre pasa los padres son los últimos en enterarse de los desvaríos de los hijos, y como antología de una maternidad anunciada, la buena de Eva quedo preñada, al tío Pancho esto no le calentaba ni los ánimos, "como esto podía ser posible, la malagradecida de la Eva estaba preñada, había defraudado la confianza que se le había dado, salió con su domingo siete la hija de la chingada" el tío Pancho estaba furioso, no era para menos, la niña mimada de la casa había dado un mal paso y ya estaba en cinta, estaba en espera porque la maternidad la visitara. Por supuesto al tío Pancho esta situación no le gustaba, mas había que afrontar la situación, habría mas de una boca que mantener, mas con eso de que en donde come uno comen tres no era cosa que realmente preocupara del todo. Tras las semanas de gestación por fin llego la hora para que Eva viviera esa experiencia de ser madre, mas las cosas se complicaron, ella daba unos gritos tan reales que se parecían a esas mujeres parturientas que están en su labor en las salas de parto de cualquier clínica del seguro social, peor aun en cualquier centro de salud, mas la Eva no veía llegar la suya, lloraba y pegaba chicos gritos que el

Pancho se empezó a poner nervioso, —así hubieras gritado pendeja cuando te estaban cogiendo, hija de la chingada, pinche piruja—, mi novia lo escuchaba con atención y a la vez con aire sereno aunque no escondía esa risa picara propia para la ocasión. Por fin después de mas de media hora de parto por fin salió el primer primogénito de la Eva, era prieto, feo, negro, —para acabarla de joder, la pinche puta de la Eva hasta para coger fue pendeja, hasta pa agarrar marido fue pendeja, me lleva la chingada con esta wey, si quiera hubiera salido igual a ella, pero hasta eso, pendeja es esta Eva—, mas como culpar a la susodicha, quizás fue porque le falto alguien quien le guiara por esas lides, mas quizás al Pancho se le olvidaba que ella era una recogida, no era una gata de alcurnia, aunque su raza siamesa le daba cierta distinción, mas eso no le quitaba que fuera una de tantas que nacieron sin suerte y tal vez eso fue que le falto, dirección y un modelo a seguir, mas hasta en eso, la Eva no tuvo suerte; siguieron las contracciones y ella seguía en la labor de parto, después de unos minutos venia en camino el segundo, este si se parecía a unos de los amantes de la Eva,—valla al menos este se ve mejor—dijo el Pancho, mi novia que había estado ahí como testigo la veía como por instinto ella trababa de asear a sus hijos, —parece que uno de ellos esta muerto, no se mueve— murmuro el Pancho, a lo que mi novia le respondió—noo, no está muerto ella misma lo va a limpiar y en cosa de minutos ellos solos se pondrán de pie, tienen que comer para tener fuerzas, eso es normal—replico ella, mas pareciera que cuando las cosas están mal, seguirán mal, a la infortunada de la Eva no le salía leche de sus tetas que apenas si se notaban, pues parecía que durante el periodo de gestación sus encantos se desarrollaron muy poco y a causa de ello las glándulas mamarias se el infectaron, mas esto no preocupo tanto ya se estaba preparado para ese tipo de inconvenientes, se les dio leche de vaca, igual y con suerte ellos crecían sanos y salvos; mas la suerte era un estigma para la Eva ya que después de unas horas ella comenzó a convulsionarse, algo le estaba pasando, su rostro reflejaba ese dolor que solo lo conoce aquel que lo sufre y lo padece. Después de las largas horas de la labor de parto mi novia se había regresado a su casa, para ella era algo que la misma naturaleza da, toda mujer que es madre entiende esos dolores, mas igual entendía el sentir de la Eva y no se preocupo, el que si estaba preocupado era el Pancho quien no cesaba de llamarla,—oye, estoy preocupado por esta hija de la chingada, no ha dejado de temblar, como que esta convulsionando, tengo miedo que se vaya a morir la wey esta, ¿puedes venir para ver si la lleves con el veterinario?— su voz era preocupante, no estaba tranquilo, era obvio que la salud de la Eva le preocupara, pues la había visto crecer desde pequeñita, y no era para menos el no preocuparse,—espérame en un rato llego, ella va a estar bien—le contesto mi novia quien obviamente no se inmuto, y no porque no le importara el estado de salud de la susodicha sino porque ella sabía que a veces el organismo de las madres pasan por cambios o por etapas que son achaques causados por el esfuerzo realizado durante la labor de parto. Se le tuvo que llevar finalmente con el doctor especialista de los animales quien al verla en estado casi de depresión y después de auscultarla dijo que eso era normal, que no había mucho que hacer, que su cuerpo estaba respondiendo a los estragos que dejan tan maltrechas a todas aquellas que dan la luz al mundo, dio una prescripción para que la buena de Eva estuviera más relajada por supuesto que el cómo galeno del buen saber le bajo la temperatura a la Eva que al paso de las horas ya se veía más relajada. Mas el tío Pancho se encontraba desconcertado, el hijo de color de la Eva, el gato negro, o el prieto como le decían al recién nacido no resistió los embates de la naturaleza y al segundo día de sus existencia, dejo de ser, dejo de existir, había nacido negro, su suerte era de su mismo color, se lo había llevado el destino, había muerto, ya no vería mas al mundo cruel al que el había llegado; —se lo cargo la chingada— murmuro el tío Pancho, pero bueno, no había mucho por hacer, además el "negro" no fue su preferido, mas ya no era cosa de te guste o no, más bien era cosa de aceptar lo que ahí estaba, quedaba el "tigre" y había que ver que Eva recuperara su color habitual, ya que a decir del médico, había que esperar unas cuantas semanas para operarla pues ya no se quería correr más riesgos —mejor que la operen no vaya a ser que al rato esto se convierta en un criadero y con lo caliente y lo pendeja que es esta no gracias, no hay que correr riesgos— mas eso no era lo que realmente preocupaba si no que en el lapso de tiempo que se tuviera que esperar para proceder con la cirugía no fuera a salir otra vez la Eva en estado, no, eso no era parte del plan y para eso se tuvieron que tomar las debidas precauciones, a la Eva no se le dejaría ni a luz ni sombra. Mas los malos sinsabores no pararon ahí, días después, ya cuando parecía que la tempestad había pasado para la pobre de Eva, le sobrevino otra desgracia, su único vástago, el tigre o el "pancholin" como también se le decía al pobre minino había sido alcanzado por la desgracia, un accidente de esos que no se esperan y llegan sin ser invitados, pues el tío Cano al abrir la puerta lo golpeo fuertemente con la misma causándole la muerte instantánea;—sentí, como su pancita se movía, murió en mis brazos, como que el tigre se aferraba a la vida y no quería morirse, me sentí gacho— consternado decía el tío Pancho, me imagino yo que la Eva lo sintió mas, su cara lo decía todo, su mirada perdida en el vacío daba cuenta de esos sinsabores que la vida te da, la felicidad se le escapaba de las manos, su único vástago se despedía de su vida, de esa vida triste y vacía, no quería recordar nada de sí misma, era ya mucho el dolor que la pobre de Eva sentía en su interior;—ya no sale de la casa, ni siquiera se asoma al balcón, la tristeza se ha apoderado de ella, por primera vez me doy cuenta como los animales sienten la muerte de los suyos— murmuro Pancho; y acaso así era, nadie puede pensar o decir que sentimiento puede existir en cualquier coas viviente que no sea humano, al menos nosotros lo expresamos de diferente manera, pero ellos también lo hacen a su manera, las plantas, los arboles todo ser viviente tiene una manera distinta de expresar sus emociones; había que esperar a que la tormenta pasara, mientras tanto Eva seguía absorta en sus cosas, con su mirada perdida recordando si acaso el dolor que le dejo el ser madre.

Después de dos semanas parecía que iba a llover, si acaso San Martin había escuchado los lamentos de la Eva que en muestra de solidaridad mandaba la lluvia en forma de llanto, mas el calor de esos meses de julio hizo que la Eva se olvidara de sus penas; y un día sin que nadie lo esperara, estiro los brazos, se limpio la cara, seco el llanto, guardo el luto y salió a la calle donde ya la esperaban amigos y vecinos quienes se alegraron al verla sonriente, los días de duelo habían terminado, Eva si acaso comenzaba otra etapa de su vida; —se le acabo la pena a la pinche de Eva y ya volvió a sus puterias, lo bueno es que ya no podrá parir, si no que joda— de forma sarcástica dijo el tío Pancho. Ahora en estas noches de verano en las que el calor aumenta se le ve a la Eva en los tejados y en las bardas de las casas vecinas muy contenta despilfarrando sus perfumes propio de las féminas que atraen a más de uno, se le ve feliz, se le ve contenta y acaso lo esté ya que a la pobre de Eva el dolor y el desconsuelo la han acompañado por mucho tiempo, el tiempo le retribuye eso pues está feliz, llena de gozo, de ese que se bebe a sorbos y se saborea sin preámbulos.

NO PASA NADA

La maquina respiradora había dejado de funcionar, los monitores que te dicen que aun estas vivo solo hicieron el clásico sonido del "viiiiiiiiiiiip" que anuncian tu partida, yo parado al lado de su cama me he quedado quieto así como pasa cuando algo inesperado sucede, me encuentro con mi amigo de toda la vida en la sala de cuidados intensivos, la cara de los médicos desconcertados no deja de reflejar el asombro en el que aún se hallaban, no encontraban una explicación a lo que les estaba pasando, hacia cosa de tres o cuatro horas que habían salido con Enrique del quirófano, lo habían operado del corazón, le habían hecho un trasplante de corazón más la suerte esta vez no estuvo de su lado, algo había fallado, eso era obvio; yo lo vi muy optimista, antes de la operación, sus ojos como siempre reflejaban esa paz que uno muchas veces trata de encontrar aun en los tiempos difíciles, su vida de Enrique no había sido del todo buena, mas el siempre escondía todo detrás de una sonrisa, detrás de esa mueca que te dice que todo esta bien, yo así lo vi, soy testigo de lo que le pasa, gruesas lagrimas recorren sus parpados cerrados con no se que clase de cinta o yurés, o como se llame, veo que Enrique llora, y yo lloro con él, quizás mi amigo se despedía de mí, quizás esa era la forma de recordarme lo que siempre me decía con una gran sonrisa, —mi hermano, aquí no pasa nada—, más me daba cuenta que hasta en eso mi gran amigo no perdía la ecuanimidad que le caracterizaba, solo lloraba, sus lágrimas me decían todo lo que en mucho tiempo había callado, detrás de esa mascara se escondía un gran ser humano, detrás de esa frase que parecía darte paz se escondían los temores del alma, los miedos, las incertidumbres, las amarguras que las cosas del pasado te dejan o te marcan, detrás de ese "no pasa nada" también se escondían los sinsabores, los desencuentros, las fatigas, las noches en vela, las noches en espera de lo que el tiempo te quita o te arrebata, la esperanza que solo te alarga tu sufrir y alarga tu existencia porque piensas que aun hasta un paso del encuentro con la muerte puedes ver lo que con tantas ansias esperaste, la esperanza es lo último que te queda aun cuando ya estás muerto; me he quedado impávido, estático, parado frente a él, como que el miedo y el temor de sentir que se iba de este mundo me habían paralizado parte de mis sentidos; —pero que chingaos pasa acá doctores, me pueden explicar porque esa madre hizo ese sonido— trato de hacerme el fuerte, finjo que soy fuerte, más el sabe que no es así, dentro de mi temor se esconde lo que se, el ya no está, está muerto, su cuerpo dejo de funcionar y yo le hago al pendejo tratando de decirle a los galenos que es lo que pasa acá; —no sabemos qué fue lo que paso, el había respondido muy bien al cambio de órganos, sus signos eran fuertes, estábamos muy contentos porque parecía que todo había salido bien, más de repente nos dimos cuenta que empezaba a perder presión, los monitores nos indicaban que el corazón no estaba trabajando bien, sus signos vitales venían en picada, no sabemos que es lo que paso, estamos consternados, lo sentimos mucho—, "más los siento yo bola de ojetes", pensé en mis adentros; ¿ya que podía yo hacer? Si los que saben tampoco supieron que hacer, simplemente su corazón paro, dejo de funcionar, como cuando a un carro se le acaba la gasolina, como cuando se le acaba la cuerda a ese juguete que tanto te gusta, mi amigo se iba, se despedía de este mundo y sus lágrimas eran eso que siempre solía decir "aquí no pasa nada" más si pasaba, pasaba que me dejaba el recuerdo de esos días de infancia, de esos días en los cuales fuimos juntos a la escuela, tantas juergas, novias, tareas, noches de farra, días de preocupación, me dejaba esas cosas que solo un amigo de verdad puede dejar. Hacia cosa de tres días antes me había invitado a comer, sabía que tenía problemas de salud, mas Enrique siempre fue un tipo muy reservado para sus cosas, cuando hablaba de si siempre era para decir lo feliz o lo contento que se sentía, pocas veces se había quejado, al menos conmigo ya que yo era su único amigo, su hermano, su carnal, como solíamos decirnos, a mi me contaba todo, bueno, casi todo, mas esa tarde que me invito fue para darme la noticia que lo operarían del corazón,—pero como esta eso carnal, ¿Cómo que te operan del corazón?, ¿Qué tienes, porque no me habías dicho nada?— y como siempre el con aire pausado me dijo —carnal, aquí no pasa nada, no hay nada de qué preocuparse, parece ser que mi compañero en las competencias de amores se ha puesto un poco necio, quizás este cansado y pues ya sabes, hay que cambiarlo, la cita la tengo para este viernes, por eso te llamado para pedirte de favor si me puedes acompañar, es decir que me lleves al hospital para que me pongan el refuerzo y ya solo tienes que esperar a que salga de quirófano, al menos que sepas que estoy bien, no te preocupes, todo saldrá bien, no pasa nada; —pero ¿Cómo puedes decir que no pasa nada si te van a operar del corazón? Y ¿Qué es lo que te van a hacer, te pondrán un marcapasos, te van a poner una válvula, o que cosa?— el solo se limito a decir,—es un trasplante del corazón, nunca te quise decir nada, pues ya sé cómo eres de medio acelerado, por eso mismo no te quise alarmar, ya tengo más de un año con problemas hasta que fui con mi cardiólogo y él me dijo que necesitaba un trasplante de corazón, pero que había que esperar a que otro se muriera para que me donaran el corazón, cosa triste de la vida, esperar que alguien muera para que te den vida a ti, bueno, así es esto, la vida es cabrona, es perra, injusta con muchos, pero que se le hace, había estado esperando impaciente y ya ves, en tres días me operan, mi doctor me dijo que el donante esta ya casi listo para morir, es un joven que tuvo un accidente, mas la suerte no estuvo con el tipo, ha quedado en estado vegetal y la familia esta en esa disyuntiva de si lo dejan vivir o lo quitan de sufrir, solo esperan el visto bueno de un miembro de la familia, supongo yo que ha de ser el padre o no sé quien, pero que en tres días ya debe de decidirse que hacer, de ahí que te moleste para pedirte ese favor, como siempre sabes que solo puedo molestarte a ti, mi familia o la poca familia que me queda están muy lejos, que no dudo que querrían ayudarme, pero ya ves, prefiero molestarte a ti que eres mi amigo del alma—, pocas veces me ha pedido favores, y aunque fueran muchos los que me pidiera de repente me pasaba por mi mente de cuál era el verdadero significado de un amigo, mejor aun nos considerábamos hermanos, carnales, de esos que ya casi no se ven;—claro Enrique, claro que puedes contar conmigo, para lo que se te ofrezca, pero dime una cosa, ¿esta operación necesita de cuidados especiales, o que alguien este contigo para que te vea por si necesitas algo?— pregunte un tanto desconcertado, pues sabía que una operación por muy simple que sea muchas veces necesita cuidados especiales, máxime si vives solo, como era el caso de él más como siempre el me salió a la defensiva diciéndome lo de siempre—no te preocupes, aquí no pasa nada, afortunadamente estaré en el hospital por cuatro o siete días a decir de los médicos que me realizaran la operación, esto es para ver cómo evoluciona el corazón, más que nada para ver si no va a existir rechazo alguno, yo espero que todo salga bien, imagínate tú, voy a estrenar un corazón nuevo, de un chamaco que estaba lleno de vida, espero que con este nuevo compañero me pueda enamorar un millón de veces ya que este que tengo solo se ha encasillado a un solo amor y para acabarla ya lo ves me ha comenzado a dar problemas y la verdad siento que aun me queda mucho por delante, tengo mucho que dar, quiero vivir, me aferro a la vida, por esa misma razón he decidido que es tiempo de cambiar de hábitos, pero bueno a ver qué pasa, espero que no pase nada, es solo una operación sencilla a decir de los médicos que no hay muchos riesgos, mas sabes, te quiero pedir de favor de que en dado caso de que me pase algo, en la mesa de centro de mi apartamento he dejado un sobre grande donde están todas las cosas de valor, lo que me gustaría que hicieras por mí como mi amigo, he dejado una nota dentro de ese sobre para ti, abre ese sobre en cuanto sepas que ya no existo, que ya no estoy, que ya he tomado el camino que es muy largo y no tiene retorno, ya no tendrá regreso, hazlo por mí, no sé cómo saldré de esta, pero sabes, soy optimista y sé que de esta salgo, porque aquí no pasara nada— acto seguido me daba una copia de la llave de su apartamento, eso me decía con la sonrisa que siempre le caracterizaba. Hacia cosa de unos meses atrás observe que su semblante estaba cambiando, que estaba bajando considerablemente de peso, note que físicamente estaba cambiando, era obvio que eran problemas de salud, hasta cierto punto llegue a pensar que eran problemas de diabetes o alguna otra enfermedad, pero Enrique era muy especial en esas cosas, el me decía que no me preocupara que estaba perdiendo peso porque según estaba en una dieta especial y que además estaba haciendo mucho ejercicio porque deseaba mirarse bien, que querían llegar a la senectud con energías y ganas de vivir, que no me preocupara, lo clásico de él "aquí no pasa nada".

Mi abuela me decía que el día que Enrique nació había caído un aguacero, de esos que duran días y no se quitan, que su familia tenía una cocina de barro que con tanta agua se había caído y que para colmo un rayo había caído en el patio de su casa matando a dos vacas que tenían en un corral, —pobre de Enrique, no nació en un buen día, pero ni modo que se le hace así es la vida— eso me decía mi abuela, también me conto que a los tres años de nacido un día de esos del mes de los muertos a su papa lo habían matado en una de esas cantinas donde solo entra la gente a embrutecerse, y que a los 40 días que habían enterrado a su papá, otro de sus tíos por parte de su madre había fallecido en un accidente automovilístico, pero la cosa no paraba ahí, válgame Jesús del cielo y la virgen santísima que a Enrique le pegaron la viruela que se le complico por eso de las grandes calenturas que se parecían a la fiebre tifoidea de esas que ni la neomelubrina te quitan y que para cerrar el cuadro debido a las lluvias de mayo a su mamá se le había caído su horno de barro donde hacia pan para vender y de ahí sostenerse, que bárbaro el destino para ese de Enrique, nació sin suerte el pobre; recuerdo que mi abuela se compadecía de él, pues la mala suerte era su compañera, aunque siempre le decía que no creyera en eso, que creyera en que el era muy importante, decía también que estaba tan flaquito, tan desnutrido que cada vez que soplaba aire fuerte en el pueblo tenía que agarrarse de algo pues si no el viento se lo llevaría. En la escuela muchos compañeros se burlaban de el por su aspecto, mas de una vez tuve que pelearme por él, porque no me gustaba como los demás sacaban provecho de su dolor, mas cuando los años pasaron su perspectiva fue cambiando; recuerdo que en los tiempos de secundaria nos gustaba leer libros de todo tipo y seria entonces cuando su manera de pensar cambio, recuerdo que sería en esos años cuando escuche por primera vez decirme eso, "no pasa nada"; recuerdo que en esos años el no podía tener novia, mas no porque no quisiera, sino porque las muchachas de nuestra generación poco se fijaban en él, decían que estaba flaco, que no era nada guapo, que no tenía ninguna gracia, que no tenía personalidad, para colmo por esos días se le empezaron a caer los dientes de enfrente, que porque estaba mudando ya muy tarde, parecía que su cuerpo no desarrollaba del todo bien, en fin su aspecto no le ayudaba mucho, mas eso no importaba, al menos para mí, la amistad era lo más importante, y esos días de secundaria donde casi todos se burlaban de el por su aspecto cambiaron al paso de los meses, pues por esos días a mi me dio por comenzar a hacer ejercicio, quería cambiar también mi aspecto y por ende a Enrique también le entro la motivación así que decidió también hacer

ejercicio, y entre escuela y ejercicio cambio su figura
física, ya en los años de preparatoria habían mas
muchachas que se acercaban a él, mas parecía que
a él eso pocas veces le importaba, los libros, la
escuela y el ejercicio eran su pasión, Enrique se
enfocaba mucho en las cosas que el sabia valían la
pena, de ahí que el cambiar su aspecto físico era
una prioridad en esos momentos, se arregló la
dentadura con uno de esos odontólogos que te dan
fiado, a los que les pagas cada mes, al menos la
dentadura le había salido en pagos módicos según
me decía él, para llegar a tener un buen físico le
había costado horas en el gimnasio y por supuesto
la carrera de arquitecto le había costado muchísimo,
aunque esa carrera le había dado muchas
satisfacciones, al menos le dio la oportunidad de
viajar mucho, de conocer gente, de viajar a países
como Chile, Colombia y Venezuela, la Venezuela de
Chávez de la cual Enrique se había enamorado
profundamente no tanto por su sistema político y
social sino porque en ese país mi amigo había
encontrado el amor, ahí se enamoró, se casó, él me
hablaba siempre de la calidad humana de su gente,
más de una vez me invito a que fuera a visitarlo,
mas yo en mis ocupaciones nunca tuve tiempo, se me
fue esa oportunidad de conocer ese país, la suerte
no estuvo de su lado ya que a los cinco años de
casados vino el divorcio, no tuvieron hijos, el de
manera penosa me dijo que Amalia, su compañera
a la cual el amaba le había sido infiel, su adorada
esposa, le había estado poniendo el cuerno por
quien sabe que tanto tiempo, la infidelidad le jugó
una mala pasada al buen Enrique y hace cosa de

diez años una mañana de abril recibí una llamada de un número que no conocía, era el, mi amigo del alma, me llamaba para invitarme a comer, como siempre solía hacerlo, llego de Venezuela con el corazón destrozado, mas con la cabeza llena de ideas, quiso hacer una gran empresa y lo logro, el era muy perseverante, siempre lograba sus objetivos, decía que nunca más se casaría pues el matrimonio le había dejado un mal sabor de boca, recuerdo que me decía que prefería amar sin ataduras, "¿pa que comprar a la vaca si tienes la carne y la leche?" siempre me decía eso, que a estas alturas del partido el amaba a la mujer pero amaba más su libertad. Los recuerdos dan vuelta por mi cabeza, mientras los médicos se limitan a decir "no hay mas nada que hacer", tengo que hacer los trámites para que me den el cuerpo de mi amigo, la noche ha sido muy larga, mi amigo estaba ahí, tendido, pensé por un segundo si debía avisarle a Amalia su ex con la cual Enrique aun mantenía una relación cordial y a la cual la tenía agregada como amigo en uno de esos sitios populares del internet en donde la gente se comunica por mensaje, pero esa idea la deseche de un tajo, sin duda tenía que avisarle a sus familiares, debía de ir a su departamento para abrir el sobre y saber qué es lo que él había escrito o cuáles eran sus últimos deseos. Salí del hospital arrastrando los pies, no tenía ánimos de nada, mi mente estaba pasmada, no podía creer lo que el destino hacia conmigo, con él, no podía entender que había salido mal si a decir de los médicos era una operación sencilla, me puse a pensar que quizás el buen Enrique solo me decía eso para que no me preocupara. De manera autómata me dirigí a un bar, necesitaba un trago, quizás el alcohol no era un buen compañero, mas a falta de uno que acababa de perder qué más daba, el cantinero me sirvió una cerveza, y estuve ahí hasta las tres de la madrugada, no tome mucho, solo quería apaciguar un poco la partida de mi amigo. Saliendo del bar me fui a un Sambor's de esos cafés restaurants que siempre están abiertos, no tengo apetito, no quiero comer, solo quiero tomar una taza de café la cual me la sirven con agrado, la mesera me sonríe, con tono amable me pregunta —¿alguna otra cosa que desee señor?— se queda por un momento estática, como que me adivinara el pensamiento, — ¿se siente bien? Si necesita algo mas solo llámeme, mi nombre es Elena y yo seré su mesera— a la vez que agarra su gafete que lleva en la parte de enfrente; yo simplemente la miro diciéndole —gracias Elena, si necesito algo yo te hago saber—. Ella se retira más adivino que ella sabe que me pasa algo, quizás porque mi rostro desencajado dice mucho, quizás es el mismo rostro que vi en la sala de cuidados intensivos del hospital donde estaba, siempre he pensado que los hospitales son los lugares más deprimentes que un ser humano puede visitar, es tan frio, ahí se pasea la muerte a todas horas, los rostros de los médicos solo reflejan tristeza, preocupación, tienen caras de hielo, no se ríen, ¿Por qué habrían de reírse? al menos tengo la percepción que en un panteón estas más relajado, es menos estresante que un hospital, cuando me acuerdo de eso me llega así de golpe el recuerdo de una de las fiestas del pueblo, allá por el mes de mayo, éramos chavalos, mas ese día recuerdo que habíamos estado embruteciendo al cuerpo y a la razón y que ya no nos querían vender más cerveza, que nos corrieron de donde estábamos y que solo nos vendieron un cartón más de cerveza el cual nos lo fuimos a tomar a la sala del descanso del panteón municipal mi amigo y yo; si eso éramos dos buenos amigos, no teníamos miedo bromeábamos hasta con los muertos, nos acostamos en la sala del descanso, cantamos esa noche, y nuestro auditorio eran ellos, los muertos, esos que no dicen nada, que no sabes si te escuchan y que no entienden nada de lo que pasaba en su casa, nosotros esa noche nos considerábamos huéspedes distinguidos, los muertos no nos correrían así como tampoco nos pondrían cara de desenfado, no simplemente pensábamos que estábamos ahí y que habíamos llegado a la casa de ellos a pasárnoslas bien— que suerte la de nosotros, ni en nuestra casa nos iban a soportar, pero estos también están contentos, les trajimos serenata— decía el buen Enrique. Al acordarme mis lágrimas ruedan por mis mejillas, y es que así es, muchas veces se dice que el recuerdo nos pega, y pasa que pega duro, despedirse así no es fácil, no de un amigo, de un hijo, no de un familiar. Elena se ha acercado a llenarme la taza de café, esta es la tercera, ella me sonríe, acto seguido le pido la cuenta, ella con su andar pausado me pone en la mesa la cuenta y una nota que dice "animo, puedes contar conmigo" así como también su número telefónico, la observo y ella me devuelve una sonrisa. Pienso en mis adentros que es un gesto lindo por parte de Elena pero no tengo ánimos para ligar, mi hermano, mi carnal está esperando por mí en el hospital, yo tengo que llegar a su departamento y abrir ese sobre, tengo que avisarle a sus familiares, no tengo tiempo para el amor, me dirijo a la caja a pagar y ella me voltea a ver, me sonríe, pienso en mis adentros "quizás un día de estos pase a saludarte Elena, en otras condiciones". Salgo de ahí, voy al departamento de Enrique, tengo poco tiempo, me dijeron en el hospital que tendría que pasar a la administración para reclamar el acuerpo por ahí de las diez de la mañana. Al llegar me da tristeza al meter la llave y abrir la puerta, hay una sensación de vacío, ya no hay nadie en este lugar, se queda vacio, me tiro en el sofá, me siento sin ganas de nada, veo en la mesa el sobre del cual Enrique me hablo, lo abro, hay un sobre azul marino el cual dice en la parte de enfrente "abrase cuanto antes" y dos cartas una para mi, otra para su mamá la cual se la daré en cuanto la vea; mis manos temblorosas abren la carta la cual dice:

"Querido amigo no sabía cómo comenzar a escribirte esta carta, de repente sentí una sensación de vacío mas no me quedo otra opción, desde que nos conocemos siempre supe que tu serias ese hermano que nunca tuve, ese amigo con el que podía contar hasta el último minuto, y no me equivoque, mi madre me decía que veía en ti a un gran ser humano, ella no se equivocó tampoco, tu siempre estuviste de mi lado en cualquier momento de mi vida, y desde que supe cual sería mi final pensé en ti, de antemano te pido perdón si es que en algún momento de mi existencia yo te falte al respeto, si es que alguna vez necesitaste de mí y yo no estuve ahí para lo que me necesitases, agradezco a la vida que me dio la oportunidad de conocerte, hoy me ha tocado emprender la subida a la colina de la muerte, hoy tengo que pasar por esas colinas del eterno descanso, esas que a ti mi querido amigo te gustan tanto, hoy me toca llegar a ese lugar donde la paz es la única huésped, me toca descansar ahí, donde todo es quietud, donde solo los muertos podemos llegar, me ha tocado viajar a este lugar del cual tu tantas veces me hablabas cuando cuestionabas la existencia, preguntabas de todo, siempre creí que eres un loco, mas no un loco común si no de esos locos que tiene mucho que dar y que ve la vida de otra manera, ese loco que siempre se opone a lo convencional y que habla aunque lo que diga muchas veces ofenda o aturde la razón por las palabras que dice o la forma que tienes de pensar, mas la vida me dio la oportunidad de convivir con un gran loco cuerdo como tu; querido amigo, espero que la tristeza pase pronto, deseo que tu vivas mas años en este planeta llamado tierra donde a pesar de toda contradicción vale la pena vivir, me despido diciéndote que te quiero mucho, que hasta en estos momentos aprecio tu amistad, tu mi amigo, mi hermano del alma te pido ayudes a la autora de mis días a que me lleven al pueblo que nos vio nacer, que se pasen una noche celebrando mi muerte en la sala del descanso esa misma donde alguna vez tu y yo compartimos con ellos los muertos, esos mismos a los cuales hoy adopto como mi familia en el mas allá; en el sobre azul encontraras todo lo que se va a necesitar, mi muerte la empecé a organizar desde que supe que moriría, la razón de mi muerte no fue un trasplante, no eso no, eso fue parte de un acuerdo entre mis médicos y yo, no quería que supieras la verdad de mi mal, mas esta vez ya no hay nada de qué preocuparse, querido amigo yo fui una víctima más del cáncer de páncreas, de ese que no se cura de ahí que me mirabas demacrado, no hacia ejercicio, ni estuve en dieta, simplemente no quise que sufrieras este dolor que solamente los que lo sufrimos sabemos a qué sabe, y hoy con esa ecuanimidad que siempre me caracterizo te diré que ese cáncer sabe a muerte, ya no hay tiempo para lamentaciones, ayuda a mi madre a hacer mi voluntad. Mi último deseo es que me incineren en la funeraria del sagrado corazón, los datos están en el sobre azul, ahí hay dinero para sufragar los gastos, ahí mismo encontraras el nombre de la marimba que quiero amenice esa noche mi eterno descanso, no quiero llanto, no quiero caras largas, al menos lo entenderé por parte de mi familia, más aun por parte de la autora de mis días, pero tu mi amigo, mi hermano del alma quiero que rías y que cantes fuerte la canción que cantamos esa noche la de "Dios nunca muere", y quiero que bailes y rías por mí, pensare si es que acaso te veo desde el más allá que estas celebrando conmigo la muerte, esa de la cual tu decías que era vida, de la misma manera ya mi lugar está reservado, el panteonero les dirá donde descansare, y ahí podrás llegar a visitarme. El departamento es mi regalo de bodas por si algún día te casas y tienes familia, haz también eso por mí, me encantaría escuchar las risas y los llantos de tus críos los cuales se por ende que son mis sobrinos, se que siempre te gusto la vista de mi espacio, así que ese es mi regalo, mis demás bienes están ya destinados a mi familia, encontraras el nombre del notario y del abogado que tramito mi testamento el te dará los documentos que te avalan como el beneficiario de este lugar que se lo llenaras de magia; querido amigo recibe un saludo cordial, espero encontrarnos más adelante, un fuerte abrazo de este hermano que hoy se va y no te preocupes más que aquí no pasa nada."

Mis manos aun tiemblan, el desconsuelo empapa mis mejillas, mis ojos mas rojos que una braza no dejan de escurrir agua salada, hay un gran vacío en mi, mi amigo tuvo esas agallas para hacer todo esto por sí solo, tenía cáncer de páncreas y no quiso que yo me preocupara, quizás fue egoísta de su parte, quizás hubiera tenido más tiempo para compartir con él pero esa parte el se la aguardo y hoy no pasa más nada. Veo el sobre para su mamá con los ojos nublados, en la parte de atrás están todos los teléfonos de sus familiares, le debo hablar a doña Elvia su madre, debo de marcarle a su hermana Rosa que vive en Chihuahua y a su otra hermana Silvia que vive cerca de donde crecimos, ellos eran tres, ahora solo quedan dos, el poco me hablaba de sus hermanas, pues ellos tenían problemas por no ser que tierras que su papá había dejado intestadas y que él nunca quiso hacer nada, pues esas tierras se las habían quedado sus otros dos medios hermanos Carlos y Raúl producto de la infidelidad de don Antonio su papa, ellos se habían quedado en el pueblo, no tenían estudios, solo habían terminado la preparatoria y ellos seguían trabajando las tierras que don Antonio había dejado; Enrique nunca quiso pelear eso, pero sus hermanas querían esas tierras aunque tengo entendido que él las persuadió para que ya no hicieran nada en contra de sus medios hermanos con los cuales él mantenía una relación cordial pero era obvio que sus hermanas no. Con las manos aun temblorosas le llamo a doña Elvia, son casi las seis de la mañana, la saludo de manera cordial y a ella se le hace rara mi llamada, lo que digo es breve, le comunico que su hijo Enrique está muerto, que tienen que venir por sus cenizas, le pregunto si quiere que yo se las lleve al pueblo o ella viene, escucho solo silencio, a los pocos minutos escucho gritos que se oyen lejos, parece ser que se desmayo por la fuerte impresión de la noticia;—hola, holaaaa, hay alguien ahí dice— una voz desesperada, yo contesto con mi voz temblorosa; —si, ¿quién habla?. Pregunto yo aun desconcertado —soy Rosa, yo trabajo acá con doña Elvia, la señora se desmayó, voy a ir corriendo por el doctor que vive en la esquina, llame más tarde por favor—. Solo escucho el clic al colgar la bocina de Rosa; mi preocupación es ahora mayor; ¿Qué no debí de ser más cauto y decir las cosas de otra manera? ¿Por qué tuve que dar esa noticia de golpe? ¿y si le paso algo a doña Elvia? Así como robot de fábrica de carros le marco a su hermana Elvia, pero nadie contesta, ni tampoco hay contestadora para dejar un mensaje. Mi mente está hecha bola, me daré una ducha, quizás eso me reanime; me quedo sentado en el sofá color azul cielo que tanto me gustaba, sobre todo por el color azul que a mí en lo personal me decía mucho ya que azul es cielo, es el universo, es todo, enredado aún más en mis pensamientos me quedo recostado, el sueño me vence y así me quedo, las últimas horas han sido muy desgastantes, las emociones han jugado mucho con mi pobre espíritu y el cansancio me venció.

Los rayos de sol se cuelan por entre las cortinas, el sol me ha despertado, la cabeza me duele, no sé si serán por las cervezas que me tome, por cansancio o porque no he probado bocado, me dirijo al baño, abro la regadera y me ducho ahí, en el que será mi nuevo hogar. Abro el refrigerador y solo se me antoja un vaso de jugo de naranja el cual me lo tomo sentado en el sillón. Abro el sobre azul y ahí están los datos del abogado y del notario, los datos del administrador de la funeraria, un fajo de billetes de mil pesos en el cual tiene una nota que dice "para mis flores, que sean rosas rojas, para la cena que se le dará a los personas que visiten la casa de mi mamá el día de mi velorio y para otras cosas que hagan falta", la tarjeta del dueño de la marimba con el número telefónico; vuelvo a meter todo al sobre, no tengo cabeza para eso. El jugo apenas si lo pruebo, lo vacío en el lava trastes, me preparo un café y me viene a la mente el recuerdo de Elena, la mesera que me había atendido hacía apenas unas horas, mas ese recuerdo se esfuma como humo entre los dedos, debo de marcarle a Rosa su hermana y hacerle saber del deceso de su hermano Enrique. El teléfono suena y me contesta su hermana, le doy la noticia y ella me pregunta si ya le avise a su mama, me dice que tendrá que avisar a su trabajo para tomar un avión y volar a la ciudad de México, que me mantenga en contacto con ella para que yo la valla a recoger al aeropuerto, ira con su esposo, yo contesto que no hay problema a la vez que ella me dice que ella le avisara a su hermana Silvia para que vaya a ver a su mamá ya que le explique que se había desmayado al darle la noticia, de la misma manera le hago saber que en la casa de su hermana no contesta nadie a lo cual ella me dice que ella se encarga de eso. Salgo del departamento de Enrique, debo pasar a mi departamento que rento cerca de donde vivía Enrique, debo pasar a la oficina donde trabajo para avisar que me tomare unos días, de ahí tengo que ver lo del reclamo de su cuerpo. No estaba preparado para estos menesteres, pues a los velorios que he asistido solo voy a dar el pésame mas no tenía idea de lo que eso implica, mas esta vez me tocaba a mí bailar esa danza con la vida.

En la oficina donde trabajo mi jefe no opuso objeción a mi requerimiento y me da el pésame; salgo de mi lugar de trabajo y me dirijo al hospital donde se encuentra Enrique, me indican que un familiar tiene que reclamar el cuerpo, me dicen que puedo ir mientras tanto a requerir el parte médico o certificado de defunción para que se pueda retirar el cuerpo y poder llevarlo a la funeraria para que lo preparen, me indican también que los familiares tienen que acudir al registro civil para que con el certificado se pueda obtener el acta de defunción; por ratos pensé que hasta para morirse es un pinche negocio, pensé como hasta con la muerte al sistema le gusta jugar ¿para qué chingaos tanto teatro, tanta burocracia, si lo único que se quiere es velar a su muerto? ¿a caso todos los días llegan desconocidos a reclamar cuerpos muertos para darles sepultura? Nadie quiere tener muertos en su casa porque nadie quiere dolor en su propia casa, entonces ¿para qué tanto pancho? Para acabarla de joder me dicen que tienen 48 horas para poder reclamar el cuerpo que de otra manera lo echaran a la fosa común; pero que huevos de los que manejan estas cosas, me dirijo a buscar al administrador del hospital para exponerle la situación y el con su cara de cubos de hielo me dice "—usted no se preocupe, el arquitecto estará seguro acá hasta que vengan sus familiares, el recibirá un trato especial"—. "Que huevos de cabrón" pensé en mis adentros, pero que mas puedo hacer. Le hablo a su hermana y le pongo al tanto de las cosas, ella me indica que en unas horas estará en la ciudad de México, que ella me avisa cuando ya vallan a salir, que su esposo esta reservando los boletos, me pregunta si tengo llave del apartamento de su hermano y yo le indico que si, de manera tacita me dice;—tu espera hasta que te llame para que te haga saber a qué horas salgo— y me cuelga el teléfono, por ratos me sentí raro, Rosa era de carácter fuerte, Enrique me había mencionado de eso, que prácticamente ese era el distanciamiento con ella, ahora lo entendía mejor, pero ¿Quién diablos era Rosa para hablarme de esa manera? No le quise dar mucha importancia pues en estos momentos en los que mi amigo esta tendido debo de guardar la cordura y no darle rienda suelta al ego o a la ignorancia. Me dirijo a la funeraria donde mi amigo será incinerado de acuerdo a su última voluntad y el administrador me informa que en cuanto esté listo el cuerpo el mandara a la carrosa para que ingresen el cuerpo y lo preparen para cremarlo aunque existe el riesgo que sus familiares se opongan a que lo incineren de igual manera se preparara el cuerpo para que no se apeste, de manera cordial y con una sonrisa se despide y me dice que solo tengo que avisarle y a cualquier hora ellos harán el trabajo que ya se pago por adelantado, es la primera vez que veo una sonrisa al menos por parte de esta persona que habla también con los muertos y que sabe de muertos. El teléfono suena en ese momento es Rosa – Hola. Solo hablo para hacerte saber que llegaremos a la ciudad de México a las 5:15, por favor espéranos en el aeropuerto, llegamos por la línea aérea Interjet el vuelo es el 257, nos vemos en unas cuantas horas.– la rabia le quiere ganar a la razón más trato de guardar la cordura, veo y observo la actitud de Rosa y se me hace ridículo, "¿pero quién chingaos se cree que es esta estúpida? Enrique tenía razón y mi abuela la tenia aun mas al decir que "la familia como el sol, entre más lejos mejor", pensé en voz alta, me repugnaba la actitud de prepotencia de Rosa, "con una hermana así es difícil convivir", saco la tarjeta del abogado que estaba en el sobre azul, marco el numero que aparece en la misma —buenos días, licenciado Raúl Montes de Oca en que puedo ayudarle— me contestan del otro lado, me presento con el licenciado y le explico que Enrique López Martínez me habida dejado este número para comunicarme con el, le comunico de su deceso y el abogado con voz suave me dice que lo siente mucho —que Dios lo tenga en su santa gloria, el arquitecto Enrique fue siempre un hombre ecuánime, yo era hasta hace unos momentos su representante legal y el depositario de su testamento, tengo las instrucciones dadas por el arquitecto, el acta de defunción y todo lo que tenga que ver con lo legal esta correctamente en orden, si gusta usted en un par de horas le entregare los documentos para que se puedan llevar su cuerpo a la funeraria, las instrucciones que yo recibí del arquitecto fueron muy especificas, de igual manera se me indico que siete días después de su muerte tendré que leer el testamento con su familia y también en presencia de usted, ya todo está listo, solo es cuestión de firmas así que si le parece bien en un par de horas pasare por el domicilio del arquitecto a darle los papeles para que los presente usted en el hospital— le explico al licenciado que su hermana viene ya en camino, que la recogeré en un rato en el aeropuerto, le doy las gracias. Me dirijo al departamento de Enrique, manejo, mas mi pensamiento está enfocado en la actitud de su hermana Rosa, alguna vez el me platico que Rosa era de carácter fuerte, que era muy ambiciosa, que le preocupaba siempre lo material y que era una persona con la que pocas veces podrías tener una conversación amena o debatir sobre un punto porque su razón era la que siempre prevalecía o debía prevalecer, "cuidado con ella" solía decir mi amigo de su hermana, y pienso que el tenia razón, en realidad yo recuerdo muy pocas cosas de sus hermanas, solo sabía que Rosa se había ido de su casa muy joven porque la ambición la dominaba, que ella tenía sueños de grandeza, en cambio su hermana Silvia era todo lo contrario, era como Enrique, humilde en todo, Silvia había decidido quedarse en el pueblo, solo termino la preparatoria ya que hasta ese nivel estaba el sistema educativo en nuestro pueblo, nosotros por suerte tuvimos que salir a la ciudad de México para terminar los estudios, el se recibió como arquitecto yo como contador ya que fue la única opción que encontré cuando fui a inscribirme a la universidad, en realidad la carrera no me ha dado lo que yo esperaba, los trabajos son muy escasos, hay muchos contadores por acá y por allá y afortunadamente he podido trabajar en diferentes empresas, en esta ultima ya llevo cinco años laborando y me gusta el ambiente de trabajo, no existe mucha presión, en cambio a Enrique le fue mucho mejor, el tuvo la oportunidad de viajar al exterior, de conocer gente y otras culturas, de regreso fundo su empresa y su negocio estaba enfocado en el área de bienes y raíces, tenía muchos proyectos en toda la república, viajaba constantemente, económicamente él lo tenía todo, y eso me alegraba mucho por él. En el librero que tiene en la sala del departamento observo que tiene dos álbumes de fotos, escojo uno al azar y en él hay muchas fotos de condominios y casas que me imagino Enrique construyo, fotos de jardines, de máquinas, de gente con las que supongo el convivio o quizás era gente que contrataba para sus obras, en una de ellas el aparece con un letrero grande al frente de un hotel muy moderno en una playa muy bonita, el letrero dice "mi primer proyecto en tiempo y dinero" se ve muy sonriente, su sonrisa es eso, es la sonrisa del triunfo, del si se pudo, esa sonrisa que te da la satisfacción cuando terminas algo que sabes es tuyo, Enrique siempre supo que quería ser arquitecto, el siempre me decía que esa carrera le había dado muchas satisfacciones, yo siempre estuve contento por sus logros, cierro ese álbum y abro el otro, en ese hay una colección de fotos con Amalia su ex esposa en las primeras fotos se les ve muy contentos, se les ve muy entusiasmados, en algunas fotos se ve que andan en las montañas a mi amigo siempre le gustaba el contacto con la naturaleza, era fan número uno de esos espacios abiertos, le gustaba montar a caballo, me decía que no de haber sido arquitecto le gustaría haber sido veterinario ya que también le gustaba eso del campo; observo la secuencia de las fotos, en todas se les ve muy contentos a los dos, más en las ultimas veo que la cara de Amalia ya es cara de enfado, a él siempre se le ve sonriente, más la cara de ella ya es de desencanto, no sé porque tiendo a pensar que a pesar de que él supo de la infidelidad de ella él trato de mantener su matrimonio aun a pesar de su propio dolor o desconsuelo y tiendo a pensar eso porque esa era otra virtud que Enrique tenia, era muy noble, siempre le gustaba ayudar al caído, al desposeído, si le hacían algo malo él no era rencoroso, se le olvidaban las cosas malas, siempre decía "las cosas malas o cosas negativas solo amargan tu existencia, mejor hay que olvidarse de ellas, tirarlas a la basura, no te sirven solo envenenan el alma y yo no quiero nada de eso en mi existencia", alguna vez me platico que uno de sus socios le había robado a lo descarado una muy buena cantidad de dinero, que este socio había defraudado su confianza y aun cuando el tenia los elementos para meterlo a la cárcel el decidió no tomar acción legal en contra de este socio abusivo. Al regresar la mirada a las fotos de él con su ex me queda esa espinita de si debo avisarle o no a su ex de su deceso, no sé si sirva de mucho, pues ella ya tiene otra relación, pienso que eso no le servirá de mucho, para que fastidiar su vida si mi amigo ya no figuraba en su vida. El timbre de la puerta me aparta del álbum de fotos, veo a través de la mirilla de la puerta y es un hombre de traje y corbata, supongo que el licenciado Raúl que ha llegado a dejarme los certificados que se necesitan para reclamar el cuerpo— hola que tal, creó hace unas horas hablamos por teléfono— al tiempo que me extiende la mano,— mucho gusto— me apresto a responder el saludo— acá están los documentos que se deberán de presentar en el hospital, esta es mi tarjeta por si algún inconveniente llegara a pasar, también están mis otros números en donde se me puede localizar en caso de que sea necesario, los teléfonos de la casa de sus familiares los tengo en mis despacho, hazles saber que en siete días estaré por allá en el pueblo para leer el testamento y proceder conforme a lo estipulado por el buen

Enrique, yo pasare el día de mañana por la funeraria, si es que no deciden otra cosa sus familiares, mientras tanto me paso a retirar— al tiempo que me vuelve a dar la mano; cierro la puerta y me dispongo a seguir viendo las fotos cuando me doy cuenta que ya casi es tiempo de ir al aeropuerto, para poder moverse en la ciudad de México hay que andar con tiempo, pues el trafico es terrible. Estoy en la sala de espera del aeropuerto, su vuelo aparece en el tablero que está a tiempo, faltan veinte minutos para que aterrice el avión, una sensación extraña recorre mi cuerpo, así como hormigas por mi cuerpo, el aeropuerto de la ciudad de México es muy transitado, se parece mucho a los andenes de la estación Pantitlan del sistema colectivo metro, hay mucha gente, y por ende hay que andar siempre con cuidado, semanas atrás había circulado en los medios informativos que la policía judicial había apresado a una banda de asaltantes que operaban en el aeropuerto internacional Benito Juárez de la ciudad de México, de momento me quede observando el ir y venir de la gente, por ratos pensé que nosotros los humanos son como hormigas dentro de un gran hormiguero, nos movemos de manera lenta o con prisa como siempre pasa en las grandes metrópolis y la ciudad de México es una de esas en donde todo pasa tan de prisa; una voz de un niño me saca de los pensamientos —¿señor me compra un chicle? No he vendido nada, ande cómpreme un chicle— yo con voz pausada le digo que no masco chicles, que nunca me ha gustado pero el niño se pone a la defensiva y me dice —entonces regáleme para un taco que no he comido nada— lo miro a los ojos y parece que sus ojos dicen la verdad, es uno más de esos niños de la calle que busca la manera de sobrevivir en una gran metrópolis; saco de mi bolsa las pocas monedas que traigo conmigo y se las doy; de repente el niño se da a la huida, al ver a un uniformado que se acercaba a donde estaba yo esperando por la llegada de Rosa;—¿tuvo usted algún incidente con ese niño señor?—señalando con su tolete al pequeño que seguía corriendo sin dejar de voltear a ver;—no de ninguna manera oficial, solo se acerco a venderme un chicle, pero como no mastico chicle no le compre y solo me pidió una moneda para un taco— el oficial me miro sonriente y me dice, —son como diez niños que andan así en el aeropuerto, ya hemos agarrado a varios, es la manera que tienen de acercarse, les cuentan una historia mientras otros se acercan y te hacen lo mismo, cuando ya la gente termino de hablar con ellos estos ya te robaron algo de valor, tenga cuidado señor, pues muchas veces detrás de una cara inocente se esconde el delincuente— me dice a la vez que se aleja a paso lento, yo simplemente le doy un saludo y volteo a ver el vuelo de Rosa que me dice que ya está en el andén. La gente que ya viene aburrida de estar sentada en el avión sale a toda prisa por las puertas donde se encuentran los familiares o amigos que están esperando por ese encuentro, observo caras contentas, alegrías, en algunas risa, veo abrazos, besos, es bonito observar ese tipo de emociones en la gente, a mí en lo personal me gusta mucho eso; aparto los pensamientos al ver a una mujer despampanante, se

distingue entre toda la gente, viene vestida para la
ocasión toda de negro, me ve y me da un abrazo —
Heeeector cuanto tiempo, gracias por estar
esperándonos, mira te presento a mi esposo— el
caballero que viene con ella es más bajito de
estatura que ella —Joel Treviño, mucho gusto— a la
vez que le extiendo la mano para saludarlo, el
apretón de manos es muy cordial aunque note la
fuerza que este mismo le había puesto al apretón
de manos —mucho gusto, ¿qué tal estuvo el viaje?—
pregunto con afán tratando de romper el hielo, al
menos la actitud de Rosa parece ser otra, mas su
forma de ser no la cambia, en unos segundos
cambia de velocidad como carros de carreras —
llévanos al departamento de mi hermano, supongo
que tu tienes la llave— me dice de una manera muy
tajante, yo sin afán de entrar en una guerra mental
obedezco a su petición aunque esperando que ya
esto pase pronto, aunque lo dudo porque me
imagino que la guerra comenzara cuando el
licenciado Raúl lea el testamento me imagino que le
dará cólera el saber que el dueño de ese
apartamento soy yo, mas pensar en lo material no
tiene caso, al menos no en este momento en los que
mi amigo yace tendido esperando por un proceso
burocrático para poder reclamar su cuerpo.
Trayecto al departamento Joel me viene platicando
de sus logros como empresario textil, hace alarde
que tiene mucho dinero, que su maquila le vende a
compañías grandes de nombre, que tiene a más de
doscientos empleados trabajando para el, que tiene
un rancho muy grande, que me invita a pasar unos
días en Chihuahua; mas yo solo escucho por cortesía,

solo me limito a sonreír y a contestar con frases breves como "así, que bueno, pero eso esta súper bien, gracias" por ratos pienso que los dos son el uno para el otro; le doy giro a la conversación al anunciarle a Rosa que tengo los documentos en el departamento que el licenciado Raúl me acababa de dar hacia cosa de unas horas, que eran los documentos que se necesitaban para reclamar el cuerpo de Enrique, que ya lo de la funeraria estaba arreglado y que solo era cuestión de llamar a lo cual ella con tono cortante me dice —llámale de inmediato al de la funeraria y dile que se presente con la carrosa al hospital, que el cuerpo lo tiene que preparar para que nos lo llevemos al pueblo— el tono es el de siempre, prepotente, por ratos pensé que había cambiado la actitud, pero no, me equivoque, la gente como ella no cambia, al menos eso decía Enrique; yo hago lo que ella me indica, del otro lado del teléfono me dicen que la carrosa ya va rumbo al hospital, que en cuanto se halla hecho el tramite que vuelva a marcar para que se lleven el cuerpo de la morgue. Llegamos al departamento y Rosa queda maravillada —valla valla, tenia buen gusto mi hermano, me gusta este departamento, como lo ves tú mi amor, aquí nos podremos quedar cada vez que vengas por negocios a la ciudad de México— le dice a su esposo Joel el cual solo se limita a decir que está bien mas dice algo que es muy importante —cariño no crees que falta ver si este apartamento era de él, si lo vendió, si lo rento o que, hay que ver la parte legal— al tiempo que me voltea a ver mi —este departamento se que era de mi hermano así que no dudo que me lo haya dejado a mi— el escuchar esa frase me hace sentir mal, Enrique acaba de fallecer y ya está como las hienas dispuesta a atacar, mas trato de hacer las cosas tal como mi amigo me lo había pedido, —Rosa, creo que es hora de ir a la morgue por el cuerpo, lo que él me pidió fue que se incinerara porque no quería que nadie viera su rostro, tengo las últimas fotos que me tome con el hace unos cuantos días, mandare a ampliar una para que se ponga enfrente del altar, esa fue su última voluntad, considero se le debe de respetar— mas Rosa de manera tajante me dice —no Héctor, discúlpame, aquí las cosas se harán como yo diga, acá la familia soy yo tu no eras más que su amigo— su esposo la voltea a ver como diciendo "ya Rosa, es tu hermano" mas ella está decidida a ser la voluntad de ella no la voluntad de mi amigo —yo solo estoy respetando su voluntad, el así lo dejo estipulado ante notario y con el señor de la funeraria, además el licenciado Raúl me comunico que mañana estaría el por la funeraria, así que considero que las cosas se deben de hacer como Enrique lo predispuso— cuando termine de decir la frase su mirada se clavo muy fija en mi al tiempo que hacia una mueca de rabia — pues a mi me vale madre el licenciado ese, me vale madre lo que tu digas, el cuerpo se va a preparar así como yo digo y si es posible esta misma noche nos vamos al pueblo— Joel trata de conciliar —mi amor, tienes que ser razonable, fue la última voluntad de tu hermano, tienes que respetar eso— ella lo voltea a mirar con más rabia —tú no te metas en esto idiota— mas era obvio que ella no estaba para escuchar razones, simplemente quería decirnos de esa manera que ahí y en ese momento lo único que importaba era la voluntad de ella, no la de su hermano, no la razón objetiva, si no la razón de ella. Camino a la morgue del hospital no se cruzo palabra, yo tampoco tengo deseos de hablar y entrar en una campaña frontal contra Rosa, solo pienso que a veces las personas cuando actúan así es porque esconden otra cosa, quizás son miedos del pasado los cuales Rosa trata de ocultar con esa máscara de hierro, con esa actitud de mujer mandona. Hemos llegado al hospital, nos bajamos del coche, se hace todo como se tiene que hacer, se entregan los documentos que el licenciado Raúl ya tenía preparados, no hubo complicación alguna, durante el trayecto de la morgue a la funeraria no vi una sola lagrima, quizás la esconde tras las gafas oscuras, yo y Joel solo ponemos cara triste, siento tristeza ver como hasta en estos momentos los seres humanos pelean por una posición, en este caso no era económica o social simplemente es hacerle ver a los demás quien es el más fuerte, quien tiene más agallas. Vamos tras de la carrosa, no hay llanto, solo pensamiento mudos, cada uno viene sumergido en los pensamiento propios para la ocasión, pienso que como se puede ser egoísta, pienso en la ignorancia de la gente, pienso en porque se suscitan las guerras, pienso en porque el hombre se come al hombre. La carrosa avanza a velocidad moderada, afuera los coches se mueven a la misma velocidad que vamos todos, la noche ya se ha hecho presente, llevamos a mi gran amigo a que lo preparen para que así se vaya al pueblo, Enrique tendrá que viajar más de 15 horas al pueblo que nos vio nacer, aunque dicen que por la nueva autopista ahora se hacen de siete a ocho horas; prendo la radio para escuchar las noticias al menos así el camino no será tan tedioso, mirar el rostro de Rosa me causa una sensación de rechazo, no sé si por la actitud de ella hacia mi o por la actitud que ha tomado al querer llevarse el cuerpo de su hermano así como esta; esta ya por demás entrar en un debate que se no tendrá un buen final, mejor que ella decida qué hacer con el cuerpo de su hermano, aunque yo volveré a insistir en cuanto estemos en la funeraria. Por la radio anuncian del tráfico en la zona norte del periférico, robos a mano armada, ya no es cosa que nos asuste al menos a los capitalinos, hablan de la bolsa de valores, del precio del peso mexicano contra el dólar, las acciones que subieron, las acciones que bajaron, a mi en realidad nada de eso me importa, se habla de cómo estará las temperaturas en el país, en noticias internacionales se hablan de los escándalos de corrupción de algunos políticos en el senado de los Estados Unidos, hablan también de algunas propuestas para ayudar a los inmigrantes, se habla de nuevas enfermedades, yo sigo absorto, pensativo con lo que está pasando a mi alrededor. Hemos llegado a la funeraria, los que ahí trabajan hacen lo que tienen que hacer, en eso sale un señor que supongo yo es con el que había hablado hacia cosa de una horas —señores mi más sentido pésame, Sergio Alcántara, soy el administrador de esta funeraria, estaré a sus órdenes, el cuerpo del señor Enrique será incinerado como él me lo especifico a no ser que haya algún impedimento legal para hacer eso, mas debo de decirles que tengo conmigo una carta poder en donde el arquitecto Enrique da sus instrucciones y son muy claras, su último deseo fue que sea incinerado y sus cenizas serán llevadas por nuestra funeraria hasta el pueblo de Cacahoatan. Rosa no puede ocultar su enojo, sus facciones la delatan, se sale afuera de la funeraria con teléfono en mano; escucho que habla con alguien, parece a lo lejos que discute con la persona, está irritada, parece que no le duele la partida de su hermano, para ella es más importante su ego. Joel se ha salido a acompañar a su esposa, el señor Sergio se me acerca y me dice en voz baja —parece que a la señora no le parece eso de que el cuerpo del arquitecto se convierta en cenizas, pero se tiene que respetar la decisión del muerto, o ¿usted qué cree?— me pregunta un tanto desconcertado; para hacer honesto ni yo sé que hacer, a mí me gustaría que se respetara esa decisión. En eso entra Rosa muy altiva dándome el teléfono —es mi mamá, quiere hablar contigo— tomo el teléfono, la voz de doña Elvia denota toda la tristeza que toda madre puede sentir al ver que uno de los hijos se va, le hablo de una manera tranquila, le explico a la madre de Enrique cuales fueron sus últimos deseos, y de todo lo que él me había encargado antes de morir, ella me dice en tono firme —se cumplirá la voluntad de mi hijo, no dejes que Rosa se traiga el cuerpo, ya me darás detalles del porqué de esa decisión de mi hijo, pásame por favor a Rosa y gracias Héctor por todo esto que estás haciendo por mi hijo, no sé cómo pagarte— yo simplemente digo que ella no tiene nada que pagar, simplemente estoy con mi amigo en este último transe por la vida; le paso el teléfono a Rosa quien al tomarlo se sale nuevamente con el afuera de la funeraria, escucho que al parecer doña Elvia la ha convencido de hacer su última voluntad. Ya son casi las diez de la noche, la misma ha sido larga, Rosa y Joel se paran para llamar al señor Alcántara el de la funeraria —¿a qué horas se incinerara a mi hermano?— pregunta ella en tono de arrogancia. El señor Alcántara la observa y le dice de manera muy diligente —el día de mañana en cuanto dé el visto bueno el licenciado Raúl quien fuera en vida del arquitecto su apoderado legal, tengo entendido que él estará acá a las ocho en punto, así que de inmediato se hará la cremación, no tomara mucho tiempo y ya mañana se trasladara el cuerpo a su última morada— Rosa lo voltea a ver con cara de incredulidad —pero porque carajos tenemos que esperar a un puto abogado— dice en forma desesperada; su esposo trata de calmarla al tiempo que me pide que los lleve al departamento de Enrique. Esta relativamente cerca de la funeraria, no me bajo del coche, solo asiento a decir —mañana paso por ustedes al quince para las ocho— solo Joel contesta, Rosa sigue molesta por la situación, ni siquiera se despide y a mí me da igual. Toma dirección rumbo al sambor's, el café al que fui la última vez, quizás sea grato encontrarme con Elena, su sonrisa se me hace más grata que las facciones de Rosa, quizás charlar un rato con ella me sirva de algo. Me quedo parado en la entrada, ni siquiera le hago caso a la recepcionista la cual me pregunta si deseo una mesa o una butaca, yo busco con desespero a Elena, la recepcionista me vuelve a preguntar —¿mesa o butaca señor?— reacciono enseguida —perdón señorita, el lugar es lo de menos, estoy buscando a Elena— la recepcionista me mira a los ojos con cara de indagación —¿a cuál Elena busca señor? Porque aquí laboran dos Elenas solo que una se apellida Flores y la otra Rojas, así que ¿dígame a cuál de las dos busca señor? ¿Es usted familiar cercano?— yo la miro atento —sabe señorita, ella es delgada alta y tiene los ojos claros como tirándole a un verde claro, su cabello es rizado— la recepcionista me interrumpe —ella es la Flores, Elena Flores, pero ella entra a las once señor, faltan veinte minutos así que dígame ¿mesa o butaca?— yo le digo que prefiero butaca; ella me muestra el lugar donde debo sentarme —en un momento lo atenderán señor, que tenga usted una bonita estancia en Sambor's— ella se retira pero a lo lejos veo como platica con una de las meseras, es obvio que están hablando de mí, pues las miradas están hacia la butaca a donde estoy sentado; tomo el menú, tengo poco apetito pero igual, comer algo no me caerá tan mal, me hubiera gustado invitar a Rosa y a su esposo para salir a cenar, más la situación no es la propicia, de igual manera el carácter no ayuda en nada, así que si tienen hambre ellos sabrán que hacer, además no creo que se pierdan tan fácil en esta gran urbe; la voz de la mesera me pone en contexto —buenas noches señor, mi nombre es Rosa, seré su mesera esta noche, algo que desee ordenar, o desea mas tiempo— al la vez que me regala una sonrisa —unas flautas de pollo, con un caldo tlalpeño y un vaso con agua por favor— al tiempo que me retira el menú —en unos minutos su orden estará lista— Rosa se retira, valla coincidencia pienso yo. La orden me ha sido servida, estoy entretenido comiendo las flautas de pollo cuando siento la presencia de alguien —me dijeron que alguien me estaba buscando— al oir la voz tan familiar subo la mirada, y ahí esta ella, es Elena con una sonrisa; me paro de inmediato y mi reacción es darle un beso en la mejilla con la cual ella se ve sorprendida —waaaaaoo parece que hoy estas mejor de humor— me dice con esa sonrisa que cautiva —disculpa, tienes razón ni siquiera nos conocemos, solo tuve un impulso de venir a verte, quizás hice mal, me llamo Héctor— a la vez que le extiendo la mano, ella me corresponde al saludo y me invita a que nos sentemos —mira, tenemos prohibido que interactuamos así muy de cerca con los clientes, pero podemos hacer una cosa, estaré libre el fin de semana, porque no me llamas y nos ponemos de acuerdo, podemos salir a tomar un café, o caminar, o lo que gustes, ¿te parece?, mi jefa te puso en mi sección, yo te atenderé el resto de la noche, al menos por el tiempo que estés sentado, sigue comiendo, mucho gusto, Elena Flores— se para de la mesa y se pierde en la cocina, me gusta Elena, y ¿por qué no? Quizás ella sea mi compañera, nadie sabe. Termino la cena, pido un café, Elena me lo sirve siempre con una sonrisa, comienzo a hacer cálculos mentales, más que matemáticos, futuro, se ve bien para esposa, como será, ¿luchona, libre, independiente?, no se habrá que indagar más está claro que Elena ha despertado mis sentidos, al menos en la parte del amor, mas eso habrá que dejarlo por el momento a un lado. Pago la cuenta, ella me despide haciendo un ademan con la mano para que llame por teléfono. Yo vuelvo a la realidad, en un par de horas regresare con Enrique, regreso al pueblo que nos vio crecer, me pregunto si ya se corrió la noticia, si volveremos a ver a viejos conocidos, compañeros de escuela, ¿será que llegara Mirna? la misma que fue novia de Enrique por más de ocho años y que no se casaron porque ella era demasiado celosa, volveré a ver los compañeros de secundaria aquellos con los que hacíamos equipo para hacer nuestras tareas escolares; no lo se, solo se que regreso con la nostalgia entre las manos, la tristeza colgada a los hombros por la muerte de mi hermano, de mi amigo del alma.

La alarma del despertador me dice que hay que levantarse, suena a la misma hora, es jueves, las seis de la mañana, no tengo que trabajar, pero sé que me espera una jornada larga, apenas con el tiempo para hacer una pequeña maleta, llevare lo básico, me ducho, vaso de jugo, fruta, wafles, pantalón de vestir cómodo, gafas oscuras y la tristeza guardada en los bolsillos. Voy camino al que fuera departamento de Enrique, me bajo del carro para tocarles a la puerta, son quince para las ocho Rosa y Joel ya vienen bajando las escaleras; saludo de una manera muy amable, parece que Rosa ha tomado otra actitud, me saluda de beso en la mejilla Joel me da un apretón de manos. El trayecto a la funeraria es corto, nos bajamos del auto y ahí nos está esperando en la

sala el licenciado Raúl —ella es Rosa, hermana de
Enrique, su esposo Joel— ellos se dan el apretón
de manos —soy el licenciado Raúl Montes de Oca
apoderado legal del arquitecto Enrique, voy a leer
la clausula en donde se me da autorización para
que su cuerpo sea incinerado, necesito la firma de
usted Rosa y de usted Héctor así como del señor
Alcántara, voy a levantar una constancia que se
está dando seguimiento a la voluntad interpuesta
por mi cliente. Se dan las firmas, todos esperamos
en la sala, nos dicen que en tres horas entregaran
sus cenizas, de ahí la carroza saldrá con destino a
Cacahoatan Chiapas. El licenciado Raúl a la vez
anuncia que el hará el viaje en siete días como se
lo había estipulado Enrique para la lectura del
testamento. Se despide de nosotros a la vez que me
dice que estaremos en contacto. En el intervalo de
espera, saco la tarjeta para marcar el numero de la
marimba que tocaría en su entierro —maderas que
cantan, le saluda Efrén López, ¿en qué podemos
ayudarle?— yo respondo al saludo y explico el
motivo de la llamada —válgame Jesús del cielo,
pero si yo apenas hable con él la semana pasada,
se escuchaba tranquilo, justo le hable para darle
las gracias por el diseño de mi casa, quedo bien
bonita, tal como el arquitecto Enrique me dijo
quedaría, fíjese usted que cabrón es el destino— y
si, comparto esa idea con don Efrén que ya se
escucha ser un señor de edad, el destino es un gran
cabrón que se lleva lo que más quieres, pero que se
le hace si ese es el ciclo de la vida —¿a que horas
llega el cuerpo? Nosotros estamos a una hora de
camino, para llegar a tiempo, usted no se preocupe

que mi marimba amenizara esa fiesta, se hará como me dijo el arquitecto que quería su entierro, santo Jesús del cielo que no tuvo misericordia– yo le calculo que estaremos en Cacahoatan dentro de ocho horas, si salimos de acá a las once o doce a mas tardar llegaremos al pueblo a las siete u ocho de la noche.

Después de siete horas sentado al volante las nalgas ya las traemos entumidas, la carroza ha parado, el chofer necesita comer algo, nosotros también, no habíamos parado desde que salimos, más que solo para recargar combustible, yo y mis acompañantes casi no hemos cruzado palabra, ellos vienen absortos en sus pensamiento, yo de la misma manera hago lo propio. Hemos comido algo rápido, el chofer tiene que regresar a la ciudad de México, sabe que llegara de madrugada. Nosotros nos quedaremos a velar a nuestro muerto. La gente ya esperaba por nuestra llegada, familiares están en la casa de los dolientes, mi madre está ayudando en lo que puede en la cocina, me saluda, la abrazo fuerte, ella me ve y me dice con voz suave —estoy orgullosa de ti porque has sabido ser un buen hermano, un buen amigo, un buen hijo— no tuve tiempo de abrazar a doña Elvia. Ella se ha arrodillado ante la pequeña urna que contiene las cenizas de Enrique, una foto en blanco y negro que si no mal recuerdo nos fue tomada hace más de quince años esta frente a la urna, Silvia no deja de llorar y de culpar al destino, de preguntarle a Dios del porque se llevo a su hermano, familiares lloran en silencio, yo lloro con ellos, los recuerdos golpean mi cabeza y por ratos le robo una sonrisa a la muerte que yace frente a mi acompañando a Enrique; me llama la atención que Rosa no ha soltado ni una lagrima pese a que a veces el humo del copal inunda el ambiente y hace que los ojos se pongan más llorosos, pero aun y a pesar de todo ella no llora. De la nada comienza a sonar la canción "Dios nunca muere" en las notas de la marimba "maderas que cantan" la canción no se oye tan fúnebre, se escucha alegre, al menos así la perciben mis oídos que se envuelven con los recuerdos de infancia y hacen que mis ojos sean un nacedero de agua. Toda la noche he estado despierto, el aroma y el sabor del café tan puro que viene de la selva lacandona tiene un efecto narcótico que me mantiene despierto y hace que no me de sueño, si es la cafeína la que hace eso diría yo que esta parece que estuviera concentrada, porque no tengo sueño ni me siento cansado, solo estoy triste y cuestiono a la muerte que tiene fecha para todos. El olor a crisantemos, a nardos a rosas rojas vuelan por esa sala donde yace Enrique, desde mi arribo le entregue el sobre que era para doña Elvia y ella también sigue al pie de la letra la voluntad de su hijo. Sigue llegando gente, muchas caras conocidas que solo pasan a saludar a los dolientes, muchos de los que fuimos compañeros de escuela estamos sentados en el patio de la casa, hablamos y charlamos de las bromas que nos hacíamos cuando éramos chamacos, Enrique se las ha llevado todas, yo rio, sin querer aunque ese movimiento involuntario se que hace feliz a Enrique, él quería eso en un día como este. Son las diez de la mañana y las campanas repican haciendo el llamado a los feligreses para que acudan a la casa de Dios a dar el último adiós al buen Enrique, todo ha pasado como pluma al viento, lento, preciso. La procesión va rumbo al cementerio, nadie carga una caja donde se acostumbra a meter a los muertos, solo doña Elvia lleva esa urna color dorado en su manos, Elvia lleva su foto para que todos se acuerden de cómo era Enrique y Rosa camina como sonámbula llevando un cirio de esos a los que llaman cirio pascual, que en realidad no sé porque llaman así a una simple vela; hemos llegado a la sala del descanso, la marimba ya está instalada ahí, tocan las melodías que a Enrique le gustaban "sabor a mi" "bésame mucho" "vereda tropical" "luna" el cura recita su ultimo rosario, la gente comienza a moverse en donde quedara Enrique, veo que sus medios hermanos Carlos y Raúl han venido a decirle adiós y eso es admirable aunque también noto la cara de enojo de Rosa, la cara de aprobación de doña Elvia y la cara de aceptación de Silvia al ver a sus medios hermanos ahí parados, despidiendo a su hermano. La marimba esta a un lado, la urna la meten en su nicho, "maderas que cantan" interpretan "Dios nunca muere" y es ahí donde por primera vez veo que Rosa su hermana llora en silencio, no tengo que preguntar nada, solo observo, escucho la canción y veo la sonrisa de mi amigo, de mi carnal que se pierde en mi memoria, su imagen se diluye con el humo de las velas y del copal, adiós Enrique, adiós mi amigo del alma, adiós compañero de juergas, adiós vecino; mis ojos ya están secos, me despido de ti, y no digo que no vendré a verte, solo te diré que tu recuerdo va conmigo mi hermano. Hemos regresado cabizbajos, su mamá no ha dejado de llorar. Los pocos familiares se han quedado mucha gente ya se fue, yo dentro de poco iré a mi casa a bañarme y a acostarme en la hamaca que hay en el corredor de la casa.

Ya han pasado los siete días, se me ha mandado a llamar a mi casa donde crecí, el licenciado Raúl está en casa de doña Elvia, ha venido a leer el testamento, ha requerido la presencia de una autoridad municipal para dar paso a esas cuestiones de carácter legal. Somos cinco sentados en la sala donde aun están las flores y la foto de Enrique. El licenciado comienza la ceremonia protocolaria del "en pleno uso de mis facultades mentales..." Enrique le ha dejado su empresa a su mama la cual contara con la asesoría del licenciado para que siga funcionando, el seguirá siendo el representante legal y recibirá pago mensual por las utilidades generadas por la constructora de Enrique la cual está valorada en más de veinte millones de pesos, una casa de campo en Cuernavaca se la ha dejado a su hermana Silvia, terrenos de siembra que el tenia en el ejido pasan a ser propiedad de Silvia, las cuentas de banco que no revelan la cantidad de efectivo que tienen son de su mama, su coche se lo ha dejado a su sobrina hija de Silvia que pronto ira a la universidad y que se enfilara en la carrera de abogado, un lote de alhajas es lo que le ha dado a su hermana Rosa y al último vengo yo Héctor Ruíz me ha dejado el departamento en la colonia Ánzures. Rosa esta que echa chispas, se ha levantado de la silla gritando improperios, su madre la calma y le dice de forma tácita —aquí se está respetando la voluntad de tu hermano, eran sus cosas y él sabe a quien se las dejo, tu no tienes absolutamente nada que pelear, lo único que tienes que hacer es agarrar tus cosas e irte de dónde vienes, si acá se te guardaba consideración era por tu hermano, se ve que la codicia no te ha llenado el hocico ni los bolsillos, no te quiero recordar lo que hiciste con la voluntad de tu papa, ya quédate callada y no digas nada— el silencio esta demás, solo se escuchan los zumbidos de los mosquitos que son propios de la región, el licenciado toma sus cosas y después de darles instrucciones a todos de que como cuando y donde se harán las cosas él se sube a su coche y parte rumbo a la ciudad de México. Yo me despido de manera cordial de doña Elvia quien al verme me abraza diciéndome al oído —gracias Héctor, siempre supe que tu serias el gran amigo que todo ser humano necesita, gracias por todo—, de Silvia y de Rosa aunque esta me ve con cara de cuchillo que si por ella fuera ya me habría matado. Me quede pensando en las palabras de su mamá, ¿que sería lo que haría Rosa que fue en contra de la voluntad de su papa? Eso sin duda se lo preguntaría a mi mamá.

Son ya ocho días estoy despidiéndome de mi pueblo y de mi gente, me regreso a mi mundo, al hormiguero llamado distrito Federal; antes de partir pregunto a mi mamá que es lo que sabe con respecto a Rosa que hizo que su mama la vea y le hablara de esa manera —cuando don Antonio murió él le había dejado las tierras de siembra a sus otros dos hijos, así como también la maquinaria que tenía que eran tres tractores y un camión grande, así como uno de los ranchos en donde dicen que el viejo tenía más de cien cabezas de ganado los cuales le pertenecían a Carlos y Raúl, pero Rosa todo el tiempo ambiciosa les vendió todo eso y se fue con todo el dinero de la venta que según para el norte, así que esa fue la diferencia entre ellos—. Ahora entendía aún más la actitud de Rosa, pero eso ya no me importaba. El camino de regreso se me ha hecho largo, quizás porque vengo solo, la música no logra distraerme del todo, pienso en las cosas que tiene la vida, las sorpresas que nos da, los sinsabores, los triunfos, los fracasos, todo eso que se va acumulando en nuestra memoria y que muchos llaman recuerdos; conforme avanzo van cambiando los paisajes, de un tupido de verdes arboles a planicies planas donde las cosechas se ven que serán seguras, kilómetros de terrenos de siembra con diferentes hortalizas; en algunas parcelas se ve que ya están cosechando, en otras los instrumentos de riego hacen su labor; escucho ya el ruido de una autopista más transitada, será que porque ya casi llego a mi destino.

La semana ha comenzado bien, recibí la llamada del licenciado Raúl diciéndome que me espera esta tarde en el que será mi nuevo departamento para darme las nuevas llaves, esta semana ha sido también semanas de contraste; me han ofrecido un nuevo trabajo en otra empresa que siento me hará cambiar de rumbo, es una oportunidad que no desaprovechare, mi madre siempre decía que "las oportunidades solo tocan a tu puerta una sola vez y se van, ya no regresan" así que no la desperdiciare estoy contento; siento que ahora le tengo más aprecio a la vida, todo va viento en popa. Hoy quede de salir a comer con Elena, supongo que iré con ella a ver al licenciado Raúl. Son las seis de la tarde, trato de meter la llave a la cerradura pero no abre, es obvio que la chapa fue cambiada, no es la llave que me dio Enrique, me la guardo en la bolsa, en eso aparece el licenciado Raúl – ¿hola que tal, como les va? apenas a tiempo, el trafico esta terrible, es la hora en la que la gente va de regreso a sus casas nos damos la mano de manera cordial, el abre la puerta sin ningún problema; rápidamente nos dirigimos a la sala, nos sentamos en el sofá, la cara de Elena denota alegría, esta maravillada con el lugar, no sé si será por la vista del mismo, por los colores o porque quizás ella presienta que este será su nuevo hogar. —como puedes ver Héctor la chapa de la puerta se cambio porque Enrique ya sabía de la actitud de Rosa, la ambición de ella es muy desmedida y ese pequeño detalle tuvo que ser tomado en cuenta, te hago entrega de la llave de este apartamento, solo me tienes que firmar estos documentos en los que se acredita el traspaso, en cuestión de unos días ya estarán listas las escrituras a tu nombre, cualquier duda tienes mi tarjeta, estamos en contacto por cualquier situación, que los disfrutes, en buena hora el licenciado Raúl se despide y yo me he quedado quieto como una estatua de esas que hay sobre paseo de la Reforma, no puedo aun creer lo que mi amigo hacia por mí. Elena me saca de mis pensamientos; nos dedicamos a ver el departamento y en un acto por demás simple nuestras miradas se encuentran, de manera casi automática me hecha los brazos al cuello y nos fundimos en un abrazo muy fuerte; el amor empieza hacer estragos en nuestros corazones.

Ya han pasado algunos meses desde que Elena y yo nos dimos el si ante las leyes del hombre, nuestra boda fue simple, no quisimos hacer fiesta, la luna de miel nos la pasamos en el estado de Chiapas, el mismo que nos vio nacer a Enrique y a mí. La vida en pareja cambia totalmente nuestro entorno; Elena y yo ya estamos esperando bebe, el doctor dice que será varón, no vacilamos en el nombre, sabemos los dos que se llamara Enrique como mi amigo.

Por fin ha llegado ese día en el que los nervios se ponen de punta, sabía que en unas cuantas horas seriamos padres, la alegría se asoma por la cara de todos, las dos familias esperamos afuera la llegada de Enrique; de momento me remonte a esos días en donde estaba del otro lado, recordé los sonidos de la maquina que me anunciaron la partida de mi amigo, de mi hermano, y esta vez el sonido era diferente, sin duda habría llanto mas ese llanto seria de alegría, sería un canto a la vida y con esto le daba la alegría al lugar que fuera de Enrique, sabía que estaba cumpliendo su voluntad y mas allá de eso estaba haciendo realidad un sueño de tener un verdadero hogar. La vida da muchas vueltas y esta vez soy yo quien dice a manera de respeto y honrando la memoria de mi amigo, "aquí no pasa nada".

ACERCA DEL AUTOR

Jesús Franco Rodríguez Salinas nace en San Pedro Tapanatepec Oaxaca un pueblo situado en la parte ultima de lo que es el Istmo de Tehuantepec, cursa los estudios de primaria en distintas partes del estado, en lugares como Chazumba Oaxaca y Tapanatepec, los estudios de secundaria los realiza en la secundaria numero 13, y solamente cursa un año en el colegio de Bachilleres de Tapanatepec terminando los mismos en la ciudad de México en el plantel 7 de Iztapalapa; desde el año de 1997 Jesús emigra al estado de California en los Estados Unidos en donde hasta la fecha radica. Trabaja actualmente para el Distrito Escolar Unificado de Berkeley en el departamento de Educación Especial.